A ÁRVORE TODAS

LUCI COLLIN

ILUMINURAS

Capa
Eder Cardoso / Iluminuras

Revisão
Jane Pessoa

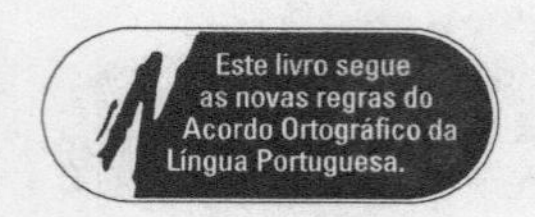

CIP-BRASIL. CATALOGAÇÃO NA PUBLICAÇÃO
SINDICATO NACIONAL DOS EDITORES DE LIVROS, RJ

C673a

Collin, Luci
A árvore todas : contos / Luci Collin. - 1. ed. - São Paulo : Iluminuras, 2015.
96 p. ; 21 cm.

ISBN: 978-85-7321-485-7

1. Conto brasileiro. I. Título.
15-25473 CDD: 869.93
CDU: 821.134.3(81)-3

2023
EDITORA ILUMINURAS LTDA.
Rua Salvador Corrêa, 119 - 04109-070
Aclimação - São Paulo/SP - Brasil
Tel./Fax: 55 11 3031-6161
iluminuras@iluminuras.com.br
www.iluminuras.com.br

pra Marcinha

ÍNDICE

FICA COMBINADO ASSIM MAS TALVEZ MUDE

PRI,

preciso lhe informar que todos os copos do banquete eram de um material mais intransigente que o cristal. Os convidados, austeros e em igual medida delicados, preferiram discretamente usar seus próprios cantis. Evitaram assim o constrangimento do estilhaçar. Sobre mim posso acrescer que tive uma forte dor no peito, mas o médico garantiu que é apenas angústia e nada teve a ver com o episódio acima descrito. Porque eu sequer recebi convite para a solene refeição.

SRA. PRISCILA,

voltamos a comunicar que não recebemos o depósito conforme o combinado tanto verbal quanto judicialmente. Também não recebemos o menino de papelão. Também não recebemos o buquê. Também não recebemos os bandôs. Não nos foi devolvido o relógio chinês. Não nos foi devolvida a foto do leão-marinho. Não nos foi devolvido o buril. Somos unânimes em declarar aqui que a senhora já não terá direito de sentar-se à direita de quem quer que seja. Sem mais.

---✂

PRISKA,

tô morrendo de saudades, nêga!! Nem deu pra gente se falar direito na casa do Ramir e eu tenho um monte de novidade entalada. As coisas aqui estão mais tranquilinhas depois que a Edivânia evaporou. Queria passar na tua casa pra te ver mas não acho passagem pra Nínive, como é que vc foi se meter neste buraco? Tem metrô? O Aridiberto tá me cutucando pra eu dizer que ele vai junto. Vou levar teu relógio chinês que nem tamo usando. E espero que teje tudo bem aí no moinho.

---✂

PRYSCILLA MARIA,

seja forte. O nome da tia Leura jamais voltará a ser pronunciado. Tia Leura e as lembranças todas serão apagadas. Tia Leura será pó daqui pra frente. Não se fala mais em tia Leura. Tudo que a tia Leura deixou será doado ou encaminhado a terceiros. Se sobrou alguma foto de família onde a Tia Leura aparece, rasgue, por gentileza. As novas gerações jamais saberão nada sobre a tia Leura. Ela (tia Leura) será removida desta família por tudo que nunca nos fez.

PRIZOCA,

fiz os cálculos e ainda faltam quatro dias e três garrafas daquelas. Passei a tarde cantando como você sugeriu mas as unhas seguem quebradiças. Nada se move além da gaiola. Passei a noite cantando. Passei a pomada para amenizar os roxos. Passei a loção para abrandar os vermelhos. Passei a esponja para mitigar os amarelos. Passei horas recortando a figura do menino. Ainda faltam seis dias e quatro garrafas daquelas de alumínio e tecidinho que você ingenuamente chama de "cantil".

CILINHA,

sentimos. Alguém não veio porque estava a alimentar os rodóstomos. Alguém confessou que jamais devolverá o bandô. Alguém não logra localizar o lugar onde você ora vive no mapa. Alguém lhe faz acusações singelas. Alguém lhe faz elogios terríveis. Alguém esqueceu a letra do hino bem na hora agá. Alguém acertou bem na mosca. O mundo é miúdo. Saiba: o mundo e suas coisas todas como a vida e o zelo pelas imagens. Nesta foto o leão-marinho é simplório e inspira devolução.

DRA. PRISCILA,

chove e os papéis se perderam. Sabemos que as evidências são perecíveis. Lastimamos muitíssimo o envolvimento na polêmica sobre os quimonos. Sobre os buquês. Sobre as garrafas. Sobre os papéis deixados sobre a mesa. Lamentamos sobremaneira o episódio da anulação, do extermínio, do banimento, da amputação. Nem tudo na vida são flores. Nesse minuto, não temos palavras para expressar nosso condoimento. Chove e as frésias se enfadam. Os lilases também se perderam.

PRISCILINHA,

você tem sido cruel. Repito: isto tem a ver com pedras. Você está me julgando – é a mesma mania que a tia Leura tem. Nunca gostei daquela história de catalepsia, afasia, arritmia, agrimensura, agrimônia. Não quis me envolver com heranças. Aproveito para lhe advertir que apagarão seu nome. Tudo que você deixar será encaminhado aos cachorros. Desde o dia do banquete suas mãos tremem e você não está preparada para nenhum tipo de cristal. Passe a noite cantando.

VÍCIOS DE LINHAGEM

A Golda quando apareceu com aquela tatuagem enorme no braço me causou um sentimento de dúvida. Eu fiquei com medo daquilo porque era malfeito, as cores dum fosco medonho nem sei se a superfície mole flácida gigante movediça atrapalhara o trabalho do artista. Contraditório: também me trouxe uma emoção diferente, acho que as voltinhas escrotas simulando cuidado, o estilo, a intenção, e eu perguntei pra criatura (Golda) Quer encostar a cabeça nos pelos brancos do meu peito?

Ela disse algo sobre não ter cabeça ou eu não ter pelos brancos ou eu não ter pelos brancos no peito. Tenho sentimentos porra (sabe quando o balde bate lá no fundo do poço? nunca vi, mas imagino) e quando olhei pra Poline ela estava com os olhos cheios d'água porque tinha tomado algo forte: uma overdose de lantanídeos (sim, curte muito os elementos de transição interna). É dada a sofisticações as quais jamais pude acompanhar. Com aquele olhar especialíssimo a Poline compreendeu a essência do desenho na pele. E mais além, compreendeu o que eu vira em meu próprio olhar. Pele um papel. Às vezes eu tenho orgulho da Poline, mas às vezes enche o saco ser irmão de um traveco porque a casa tem cheiros inusitados, tipo acetona da promoção, tipo novos conceitos de comida congelada, tipo outras coisas que nem sei. Desculpa aí o desabafo. Eu bem que comia a Poline se ela não fosse minha irmã – cara, acho bom conferir melhor essa história porque agora bateu um branco: será que é mesmo sangue do sangue?

É que às vezes a gente repete tanto uma história, um fato, um acontecimento que primeiro fica parecendo que é verdade e depois é verdade. Agora não me venha com essa de que a Gorda [*sic*] é parente. A Golda era afinadíssima mas só na minha cabeça. Pensei em sexo. Algo remoto e demorado, tudo aquilo. Dispensei. Como sempre, olhar para os pés com botas, com chinelos, com nada, os pés serão sempre a salvação imediata. Olhei. Para tanta esquisitice a salvação.

Lá longe escuto um sujeito desconhecido gritar pra Azulita: *Para de roer as unhas.* Isso me deu um estremecimento. Como o cara se mete no destino dos outros? E se eu me ponho a pensar, vem uma lista e eu passei a vida toda fugindo das listas.

Bom mesmo era ver a Rima com a boca cheia de sangue. Ela ficava feliz fácil: porrada. Tá aí uma mulher firme em suas convicções. Sangue, eu disse, não porra. Era uma mulher definitiva. A Rima saía pelas ruas rindo feito aquela sacolinha de plástico voando por aí. Fiquei com inveja da Mulher Grande (não, não era a Golda) que matou a Rima. Matou esfaqueou cortou em pedaços e depois queimou e pôs numa mala (panela?) e jogou uma parte num barranco e outra num rio. Deu um trabalhão pra polícia juntar o quebra-cabeças. É complicado identificar partes. E etiquetar todas. Me intrigou isto: onde foi achar mala barranco e rio? A Rima sim, era decidida.

A Golda, não sei. Tatuagem de índio norte-americano com cocar não dá muitos pontos. Tem uma num flanco – vi de longe. Presumi outras coisas também mas presumir é pura pretensão e aquilo me deu vergonha. Se eu tivesse com quê eu diria pra Golda Vou te comer mas ela me lembrou bem que eu não tenho cabeça, nem brancos perdidos pelo corpo. Nenhuma experiência. (Peraí, quem não tem cabeça, declarou-se desde o princípio, é ela e a coisa está tomando rumos falhos filosóficos fílmicos). O cara que tinha gritado aquela pérola agora retrucou: *Deixa de ser viado, filho da puta*. Mas ele falou isso pra Azulita e a Azulita é um mulherão, tem cabeça, tem pelos brancos no peito, rói unha a uma velocidade indescritível.

Por que o cara falou aquilo? Que injusto! Tem uns peitões, a Azulita, de dar inveja a qualquer padre. E ela tem dentinho pra frente já que nem era moda consertar torturas e desvios lá na cidade de onde ela vem. É do interior. Cara, sim, foi injusto. Ele tem um braço de madeira tratada. Faz sucesso.

Uma vez me contaram que ele comeu o olho de um marinheiro. Mas eu não acreditei, claro. Onde é que ele ia arranjar um marinheiro?! Isso é coisa de historinha de criança. De gibi de latrina. Tem coisas que não existem, por que que a gente fica vivendo como se se insuflassem? Irmã, por exemplo. Pode ser apenas um conceito. Depois que manda um litro de vodka pra dentro é direito natural do proponente mudar o curso da história, da embarcação, da porra que seja e da nenhuma. Ninguém pode falar melhor de direitos do que eu, duvida?

Golda, goldinha linda, vem sentir os pelos brancos dos meus peitos inexistentes. A Golda é (ou se faz de) surda. Isso foi humilhante. Só ia pedir pra pararem com a tal da licença poética. Se eu tivesse voz. Dá licencinha? Meto um socão na fuça da loyraça e espirra sangue e dente. Emporcalha a parede verde. Acho que falar verdinha é uma bichice. Eu não falo. Olhinhos verdinhos é coisinha de frutinha. Vermelho e verde quase que dá um semáforo. Passagem legalizada. Tá melhorando. A Golda sua muitíssimo.

O Dell declarou em júri que era irmão único da/do Poline e que a mãe deles morreu pulando do oitavo. O pai, bastante sincero, nunca existiu. Isso abre uma nova perspectiva. Em termos de parentesco. Pedi pro garçom trazer uns olhos pra gente aqui na mesa e ele se fez de desentendido. Me encarou com uma seriedade mórbida (exagerada) e soltou essa: *Garçom o caralho, meu!*

Coisa que eu nunca admiti em mim foi bigodinho. Acho tudo pose de quadro. Pode ser do branco e da falta do branco pelo corpo. Glóbulos. Coágulos. São as cores que nos impedem de exercer despojamento. Eu queria ser simples e, se fosse o caso, até faria voto. Mas lá em casa nunca se admitiu tamanha frescurinha. Reminiscência é leucorreia. Mas voou o tempo e me distraí com outra coisa: Golda. Uma tatuagem no rabo pode valer a pena. Fera. Caracteres chineses. AC/DC ou língua pra fora. Qualquer merda.

A coisa mais triste da minha vida foi quando vi aquela carta chegar lá em casa e passou de mão em mão e ninguém era aquele nome escrito no destinatário e ninguém sabia quem era o remetente e o carteiro já tinha sumido e aquilo ficou ali sobre um balcão da salinha de visitas/quarto do vô. Não, o/a Poline não está nestas memórias. (O único irmão que eu tive, sinceramente, se chamava Rin-Tin-Tin). Porque era tudo conceito.

A Golda sua entrelinhas. (A Golda quando apareceu com aquela tatuagem enorme no braço me causou um sentimento de dádiva). O Dell declarou em júri e eu penso nos rostos e nas expressões do júri não sem hesitação: onde será que escondem tantas metáforas?

Olha bem e de frente: a possibilidade não cumprida. Dava até pra meter um ponto de exclamação neste pedaço. Digo, trecho. Meter mesmo. Meter até o fundo. Então a gente deixava de ser conceito infâmia e estátua de sal. Mas não exclamo, interrogo.

Goldinha de olhinhos verdinhos deixa eu comer um deles que seja?

CERTOS FENÔMENOS, QUANDO SE DÃO

Princípio de outono e naturalmente todo esse assistir às folhas que definem as cores que farão o que eu contemplo.

Quisera tocar a alma de M.

Alma é feminino é um princípio.

Quisera tocar o corpo de M. mas era ali o intraduzível, era ali o abismo a pausa que se instaura antes do sentido e sobretudo depois da emergência das pétalas. O frêmito o estremecimento o sussurro. Eu vou olhar entardeceres e compreender como estão longe as montanhas como são altos seus destinos de cume e gelo.

Se as histórias de amor são descabimentos será o próprio amor o excesso, a condenação, a impertinência do maravilhamento, a brilhatura da dor

?

Princípio de inverno e naturalmente todo este aprender a encarar as superfícies frias que com desenvoltura se existem e podem ser deslumbramento bastasse o nosso olhar se desincumbir das censuras dos provisórios dos gestos os mais improbamente etiquetados como vãos.

Quisera roçar a alma de M.

Alma é estreia é começamento do entusiasmo, da ação.

M. faz confundir coordenadas me arrasta me surpreende e eu escrevo as horas numa prática de semânticas impossíveis, eu escavo os dias atrás de pentimentos e brota uma flor miúda e débil que admiro – ela não se importando em ser menos do que a aurora, do que as solicitudes que vêm. Flor que se sabe concriação. Eu aqui melancolizo ao perceber que nem tudo cabe em desenhos em conchas em turquesas coubessem.

Se as circunstâncias do amor são o aventuroso [pra você eu roubarei rosas como se epifanias e os nomes, transmudados, já não conterão a sombra das coisas] será o próprio amor uma farsa de irremediável devastação

?

Princípio de primavera e naturalmente uma viveza em tudo que se revém os sorrisos ainda por se abrir as bocas querendo muito dizer as bocas querendo não precisar mais dizer.

Quisera tanger a alma de M.

Alma é autonomia e tácita servidão. É o beijo de condição insubstancial.

M. é meu coração que se acelera é meu coração que se esvazia e se repleta. E se a M. aprouvesse, essa seria a mais bonita das cantigas, seria o divertimento, seria a placidez dos dedilhados, seria o régio a bem-aventurança o refúgio. Se a M. concernisse o infinito, a dança toda seria posta no olhar. Meu coração, da natureza do progredimento, se dispõe a acompanhar a brotadura dos toques: ser o ingresso da floração.

Se os mistérios do amor auguram a prova dos precipícios de que valerá salvar-se antes e ignorar a profundidade dos vórtices dos tragadouros a jucundidade do abisso

?

Princípio de verão e naturalmente os dias mais quentes desta existência contada em tentativas de palavras, em balbucios, em ensaios. Condição desse momento, qualidade desse momento, estado desse momento tanta luz.

Quisera saber a alma de M.

Alma é a unidade plural é coragem máxima é florilégio de afeições e sentimentos, é o segmento permanente e primacial, é retidão, é de exuberante natureza é o essencial e o que suscita e o que inspira – alma é pacto e manifestação, é força, alma é fervor.

M. me diz que não acredita em alma.

Quisera resplender pulsar instruir.

Verão e os corpos chamas. A purificação dos corpos, os corpos queimando, as sensações que o contato traz, a pele como fogo, carícias sem nomeadura. O calor um procedimento por dentro, o calor que se transfere, a graça à mercê das altas temperaturas da conflagração.

Com M. se escreve a palavra em que me quis rebrotar.

As mãos flores pela primeira vez.

ISTO É LITERATURA FEMININA OU SEJA (AUTORETORTO)

VOCÊ sabe como eu me chamo já que viu na capa deste livro e eu tenho uma IRMÃ que se chama Regina e outra IRMÃ que se chama Tânia e nós temos uma MÃE que tem o APELIDO de Mila e nós tivemos uma AVÓ que tinha o APELIDO de Tilde e o NOME da outra AVÓ era o mesmo que o meu que foi uma homenagem a ela.

Este texto é totalmente autobiográfico. Eu nasci e sempre vivi em Ribeirão da Pinha.

TODAS estas mulheres acima têm ou tinham MARIA no seu nome porque era COMUM e quase obrigatório num país de fala portuguesa e credo. Assim uma irmã minha é Regina MARIA e a outra é Tânia MARIA, o nome VERDADEIRO da nossa mãe é MARIA Emília e de uma AVÓ era Matilde MARIA e da outra era MARIA Augusta.

Tudo isto é verdade e em primeira pessoa. E eu estou falando de mulheres.

Eu vi anunciado o último show de uma cantora bem famosa e bem idosa e me lembrei que há vinte anos eu já havia visto anunciado o último show desta cantora bem famosa e bem idosa. Todo mundo sempre quer ir ao último show e os teatros têm estado lotados nos últimos vinte anos quando se trata desta mulher que canta. Pela última vez.

Tudo isto é a mais pura verdade. E eu não sou feminista. Nem sei bem como que é ser.

EU não estou INVENTANDO nem um pouco. Sou uma mulher que neste momento está escrevendo. Em outros momentos eu estou fazendo coisas de mulher.

Eu assisti à entrevista da cantora bem famosa e bem idosa pra tentar DESCOBRIR porque ela está anunciando seu último show há vinte anos e ela disse que as coisas saem caro e ela não consegue se aposentar. Precisa do dinheiro. Daí a fazer tantos shows e a trocar tanto de roupas e a ensaiar com os músicos e as pessoas vão sempre assistir.

Entre as coisas de mulher está lavar roupas e a decisão mais difícil que a mulher deve tomar em se tratando deste assunto é se escolherá sabão líquido, sabão em pó, sabão em barra, sabão de coco ou um sabão especial para roupas finas. Não estamos tratando de tirar MANCHAS.

Só estou tratando de mulheres.

A minha PROFESSORA da segunda série se chamava MARIA Vitória e a minha professora de canto se chamava MARIA Aparecida. A professora de inglês se chamava Ana MARIA mas usava o pseudônimo de Ann.

Tudo isto AQUI é verdade. Há uma grande quantidade de MARIAS nesta narrativa. Mas também poderão dizer que é FICÇÃO. Do latim *fictionis*.

Eu SOU professora de MATEMÁTICA e uma irmã minha é professora de QUÍMICA e a minha MÃE foi professora de EDUCAÇÃO FÍSICA e a minha AVÓ foi professora de ACORDEOM e a minha BISAVÓ foi professora de LATIM. Eu sou FUNCIONÁRIA PÚBLICA e a minha IRMÃ é funcionária pública e a minha mãe foi FUNCIONÁRIA PÚBLICA. Minha outra irmã é bancária.

Muitas mulheres da minha família ficaram VIÚVAS muito jovens. Uma por conta da gripe espanhola que levou o marido e um filho de três anos. A outra por causa de cirrose no fígado do marido porque era COMUM beber muito sem ser considerado um alcoólatra. Mas morte matada não teve nenhuma. Era raro uma mulher morrer de cirrose antigamente porque não tinha fácil acesso a bares ou a happy hours e também não se vendia cerveja nos supermercados; mais nas vendinhas mesmo. E não se podia comprar nada pela internet e nem por disk.

Quando eu era adolescente eu ESTUDEI canto e CANTEI algumas vezes em CORAIS e orquestras em espetáculos em cidades do interior do ESTADO e foi assim que eu conheci uma SOPRANO famosa que fez um solo e ela se chamava MARIA Ângela. NÓS fomos ANDANDO do hotel até o teatro para o ENSAIO e ela me CONTOU várias COISAS sobre a sua carreira, mas nada sobre sua vida PESSOAL. Andamos umas dez quadras JUNTAS.

De acordo com o GÊNERO de cada coisa COSTUMAMOS usar artigos "a – uma" para indicar o FEMININO.

A BISAVÓ que eu mencionei ficou VIÚVA subitamente e se viu com SEIS filhos para CRIAR. Para não ter que dividir os BENS, a família do marido MORTO de ataque cardíaco aos 36 anos tentou obrigá-la a se CASAR com o próprio cunhado, irmão mais moço do falecido, mas ela se RECUSOU declarando que só se casaria novamente por AMOR e jamais por INTERESSE. Ela foi EXPULSA da família e teve que DIVIDIR os filhos entre os PARENTES que se interessaram em AJUDAR. Isto ACONTECEU em Minas Gerais em uma cidade chamada Alfenas.

Uma mulher durante boa parte de sua vida sangra todo mês.

São fatores genéticos que DETERMINAM que você é MULHER (XX) e a coisa toda envolve genótipos e fenótipos e cromossomas ou cromossomos e gametas. Está PROVADO que as mulheres são CAPAZES de diferenciar mais de 2.436 CORES de esmalte de unhas.

Você pode dizer O soprano ou A soprano. É uma palavra comum de dois gêneros e nada tem a ver com a sexualidade da cantora em questão.

Uma das personagens desse TEXTO tem o mesmo nome da AUTORA, mas em teoria da literatura há que se considerar a FALÁCIA intencional. Sobretudo se for uma autora MULHER.

Antes de sangrar uma vez por mês uma boa parte das mulheres tem cólicas e DÓI muito e você fica rolando numa cama e amaldiçoando os teus ovários e às vezes até chora um pouco de dor e um pouco de raiva mesmo. Você pode dizer cromossoma ou cromossomo e isto não afeta o sexo das pessoas envolvidas. Minha avó nunca teve a chamada inveja do pênis porque nunca ouviu falar desta TEORIA.

A soprano teve uma CARREIRA grandiosa e se apresentou em vários LUGARES do mundo. Para sobreviver, a minha bisavó teve que dar aulas particulares de línguas. Era bamba no latim e no francês. Mas tinha que ser à noitinha porque a SOCIEDADE julgava feio que filhos de famílias PROEMINENTES tivessem que ter aulas particulares. Muita gente podia ficar com a moral MANCHADA, nestes casos. Ao ENTARDECER os alunos particulares da minha bisavó passavam por um portãozinho SECRETO que dava acesso à CASA dela. Assim ela conseguiu sustentar as DUAS filhas MULHERES já que o resto da família fora DOADO.

Uma pesquisa recente discute a importância do uso de sutiãs. A importância não, a necessidade. O título do artigo é Pesquisa discute a necessidade do uso de sutiã. Li na *Folha de S.Paulo* – um jornal a serviço do Brasil.

Eu abandonei o CANTO porque as viagens eram cansativas e aquilo não dava carreira pra ninguém, segundo o que disseram na época. Era canto LÍRICO.

Além da coisa das CORES as mulheres se destacam pelo fato de não poderem ter famílias DUPLAS. Elas não podem ter duas CASAS ao mesmo tempo com maridos e FILHOS e móveis e utensílios diferentes em cada uma pois devem estar PRESENTES à hora do jantar para servir as REFEIÇÕES e fica difícil conciliar quando as FAMÍLIAS moram em cidades DIFERENTES.

A SOGRA de uma pessoa da minha família foi prostituta quando JOVEM, mas eu NUNCA escutei ninguém da família COMENTANDO isto e agora já nem sei se era verdade ou se eu INVENTEI. Era verdade POSSIVELMENTE por isso mesmo nunca ninguém COMENTOU. E eu não teria INVENTADO uma coisa destas.

Uma tia-avó foi casada com um BANDIDO não destes que rouba gado como nos filmes nem que rouba banco nem que mata policiais nem daqueles que dirige carro loucamente como nos filmes. Ele falsificou uma ASSINATURA e foi preso. Ele inventou um NOME que era na verdade FALSO. Mofou na cadeia e acho que até MORREU lá. Nunca ninguém mencionou nenhum detalhe desta história e a tia-avó sempre usava roupas PRETAS para indicar que estava de LUTO de tal forma que as pessoas que iam nascendo e crescendo, ou que se mudavam pra rua onde ela morava, SUBENTENDIAM que ela era VIÚVA.

Tudo aqui é verdade. E também que a maioria das MULHERES sofrem de TPM que é o Transtorno Pró Menstrual, de onde a SIGLA. É difícil uma mulher ter uma vida como nos FILMES mas às vezes acontece. Geralmente antigamente os seios ficavam flácidos mas agora tem cirurgia.

A casa é o REINO da mulher. Ela manda e desmanda na COZINHA, por exemplo. Na LAVANDERIA é ela que controla a MÁQUINA de lavar roupas. Ela DECIDE qual será a essência que prevalecerá no banheiro: FLORAL ou LAVANDA. Ela SABE a temperatura ideal do óleo para se fritar um BIFE um quibe ou um bolinho que aproveita as SOBRAS de ontem.

Uma das vantagens da GESTAÇÃO é que a mulher fica vários meses sem o sangramento mensal. O sangramento mensal é também chamado de pingadeira, arenga, volta-da-lua, catamênio, escorrência ou incômodo.

Eu jamais INVENTARIA que a sogra de alguém fora: alcouceira, andorinha, bagaço, bagageira, bagaxa, bandarra, bandida, barca, bebena, besta, biraia, bisca, biscaia, biscate, bocetinha, bofe, boi, bruaca, bucho, cação, cadela, cantoneira, caterina, catraia, china, clori, cocote, coirão, cortesã, courão, couro, cróia, croque, cuia, culatrão, dadeira, dama, decaída, égua, ervoeira, fadista, fêmea, findinga, frega, frete, frincha, fuampa, fusa, galdéria, galdrana, galdrapinha, ganapa, horizontal, jereba, loba, loureira, lúmia, madama, madame, marafa, marafaia, marafantona, marafona, marca, mariposa, menina, meretrice, meretriz, messalina, michê, michela, miraia, moça, moça-dama, mulher-dama, mulher-solteira, mundana, murixaba, muruxaba, paloma, pécora, pega, perdida, perua, piranha, piranhuda, pistoleira, piturisca, prostituta, puta, putana, quenga, rameira, rapariga, rascoa, rascoeira, reboque, rongó, solteira, sutrão, tapada, tolerada, transviada, tronga, vadia, vaqueta, ventena, vigarista, vulgívaga, zabaneira, zoina, zorra entre outras. Fala baixo. Isto fica entre a gente.

Os aumentativos de mulher podem ser mulherão ou mulheraça. Esta história é uma ficção sobre mulheres. Aqui é tudo verdade. Mas como está sobre um papel é um tipo de mentira. Mas que não fará mal a ninguém.

De acordo com as estatísticas, hoje em dia as coisas são mais fáceis porque se uma mulher casada e com vários filhos quiser ter um amante ela pode deixar comida CONGELADA num freezer e quando for a hora de servir ela põe no micro-ondas a canja e descongela e serve. O freezer e o micro-ondas facilitaram a vida da mulher. Mas sobre mulheres terem duas famílias ao MESMO tempo ainda não li nenhum artigo.

São LOCUÇÕES sinônimas de prostituta: mulher à toa, mulher da comédia, mulher da rótula, mulher da rua, mulher da vida, mulher da zona, mulher de amor, mulher de má nota, mulher de ponta de rua, mulher do fado, mulher do fandango, mulher do mundo, mulher do pala aberto, mulher errada, mulher perdida, mulher pública, mulher vadia. Dicionário, sim.

O ser humano do sexo feminino só passa a ser chamado de mulher quando ovula e pode CONCEBER. Antes disto usam-se as palavras menina ou garota. Às vezes uma mulher é chamada de sujeito ou indivíduo do SEXO feminino. A palavra cônjuge não é comum de dois gêneros.

A minha avó que era católica PRATICANTE morreu bem bem velhinha e comeu uma bacalhoada um dia antes de morrer e estava feliz. A outra avó que era católica só de fachada e até falou mal de um padre uma vez morreu muito cedo de consunção. Até hoje eu não sei o que é isto. A avó velhinha teve maleita e a febre da maleita pode ser chamada de febre malárica, febre terçã ou quartã, febre palustre, mas ela não morreu disto.

Deixei a preguiça de lado e procurei no dicionário outros nomes pra consunção: delicada, doença-ruim, febre héctica, fimia, fininha, magrinha, mal-de-secar, mal-dos-peitos, moléstia-magra, queixa do peito, seca, tíbia, tísica. Sobre estas palavras a gente pode PENSAR livremente mas é melhor não falar.

Escrevi este texto que parece sem SENTIDO porque eu não tenho TÉCNICA de escritora. Agora eu vou fazer outras coisas. Tudo isto é verdade. Só uma vez eu menti um pouco: foi naquele trechinho onde eu falo dos nomes.

ADORAÇÃO À VIRGEM (ELÓQUIO)

[*A LIMPAR **GARGANTA** BAIXO   A AJEITAR **ÓCULOS***]

Prezados aqui presentes, senhoras, senhores e demais no recinto, quero, de princípio, esclarecer que aqui estou por convite do Professor *DE VAGAR* Tibério RAMAS, sociólogo e historiólogo aposentado da Pontifícil Universidade Livre de Turibica. Vim apenas prestar meu relato e, quiçá, propulsionar a comunidade, como um todo, a saldar uma grande dívida. É modesta a minha contribuição, mas espero que os presentes se sintam levados a refletir sobre os pontos que levantarei aqui e que, no fim, colaborem para reverter esse caso. Como não tenho práticas de falar em público, escrevi o conteúdo do que pretendo dizer para aqui ler.

CONCENTRA Tive diversas trisavós, sim, como todo ser humano digno deste conceito. Mas, no caso, aquela sobre a qual neste momento lhes versarei é a trisavó, por parte de pai, que se chamava Iracema. É, um nome índio. "Ira", em tupy, quer dizer "raiva" e "cema", quer dizer "aquele/a que jamais se deixa levar por/pela". ***OLHANDO** PARA A PLATEIA*: Para a revelação do sentido do nome usei o *Dicionário de Nomes Próprios e Impróprios*, de Ubirason Lages Jr. – gosto sempre de situar fontes.

De fato, era uma indiazinha tranquila, sossegada mesmo. A trisavó Iracema, refiro-me. Tirando uns rompantes aqui e ali, quando se via um artefato ou outro – de cerâmica ou cestaria – voar pela janela da oca, bem fazia jus ao belo nome. E por falar em belo, era bela. Bela como a pele da gazela. Bela como as asas da grapiúna. Bela como a primeira pomba despertada... [*sim, tenho lá minha erudição...*]. Bem, tão bela que um eminente romancista local, José D'Além-mar, em visita à tribo dos Tupirajaras, nela inspirou-se usando-na como protagonista de um épico de estrondoso sucesso – um verdadeiro poema em prosa onde a trisa Cema figura como "a virgem dos favos de mel". *OLHANDO*: Teve até minissérie. Depois, claro.

O livro, um dos pilares edificatórios do espírito nacional, e que chegou até a 4ª. Edição (!!), tem uma história memoriável. Era assunto-chave nas reuniões da Corte, onde as moçoilas podiam conquistar um bom pretendente pela simples demonstração de que tinham captado em profundidade o conteúdo (personagens, trama, ambientação, ponto de vista, intenção, tom, essas coisas) do livro. E, durante muito tempo, o Governo Protorrepublicano OBRIGOU todos os estudantes da Pátria a lerem a preciosidade literária que tão bem retratava nossa realidade "europo-romântico-imperializada" (OLHAR PRO PÚBLICO: isso foi um conceito concebido pelo emérito crítico português Alcídides Lero que retive, ao longo dos anos, desde que li o Prefácio ao tal romance). Aos petizes, de 8 a 12, era leitura obrigatória para a inscrição no exame biométrico anual realizado pelo Conselho Examinatório Bioéthico (sem o qual não se tinha direito às vacinas gratuitas nem à bolsa-merenda) e para os marmanjos, de 12 acima, era um dos dois pré-re-quesitos para a aprovação ou não no tiro de guerra. Em outras palavras, o cito romance decidiu o destino de muita gente.

Mas temos que abordar o cerne da problemática. [*Será que estão gostando?*] Bem, a trisavó Iracema – por parte de pai, não sei se já esclareci isso – que sempre foi uma mulher muito antenada ao seu tempo e, em pensamentos, atos e ações, desde que se atendeu por gente já manifestava o germe do Modernismo, surpreendeu a todos se tornando, logo nos primeiros anos da segunda idade, uma importante ativista política. Surpreendeu mesmo! *OLHAR/* PAUSA [*Ufa, falei! Coragem!*]

Quer se queira, quer não se queira aceitar, a mulherzinha cansou daquela vida de subordinação e pôs as manguinhas de fora. Talvez, dizem os detratores, tenha posto até outras coisas de fora! (Bem, entenda-se que é linguagem figurada pois, à época, a trisa Cema não usava nada além de colares e o dkiu-te, o tradicional saiote indígena de penas de arara...). Foi um bafafá, um verdadeiro Tupã nos acuda!! Desculpe, não pude evitar o gracejo... [*A velhinha de azul riu! A ruiva – é pintado – detestou!*] Conta-se, inclusive, que o romancista que outrora lhe emprestara – emprestara dela, quero dizer – o nome para o tal livro, ao saber das tendências francamente trotskistas da trisavó Cema certa vez até mudou de calçada – em plena Avenida Kennedy! – fingindo não conhecê-la, para tornar público seu desprezo por uma senhora com aquela "conduta contracultural reprochável e exprobratória". E ele chegou a declarar: "uma deletéria, uma desqualificada que se infiltrou seio adentro da Sociedade!" e todos os jornais da época noticiaram o fato, vendendo muito.

Mas como a verdade dói, e como toda brincadeira tem um fundo de verdade, acabou acontecendo que a verdadeira história desta brava personagem histórica ficou num limbo por décadas e décadas, até recentemente, quando vieram à tona alguns papéis importantes sobre o papel da mulher na colono-república [*putz, a frase ficou duas vezes com "papel"!*]. E devemos ser plenamente gratos ao Professor Tibério Ramas e a seus estagiários voluntários que vêm movendo mundos e fundos... para resgatar a verdadeira contribuição da virgem Iracema. [*A com cara de estudante tá saindo! Que bota esquisita!*].

Olha, me perdoem se estou tendo dificuldades de ir direto no assunto – não tenho grandes tendores literários. Pois me pediram para relatar o que eu sei, o que eu vi e ouvi na minha infância na cozinha da minha casa (sim, é um momento de forte emoção, vocês não estão podendo ver, mas os meus pés estão gelados e já senti a pálpebra pular duas vezes; a direita). Então vou simplesmente contar. Sem a sofisticação dos historiadores, sem a perícia dos literatos, sem a graça e vivacidade dos repórteres... o que interessa é tirar da obscuridade [*será que está certa essa palavra assim como usei-a?*] a trisavó Iracema. Ou melhor, REVELAR o que de fato aconteceu a esta personagem nem tão aclamada [*deveria ter dito conclamada?*] como lhe seria de merecimento. Não, não é minha intenção denegrir ninguém que possa, porventura, ter querido denegrir a minha trisavó! CALMA Pelo contrário! Doa a quem doer, quero ajudar a levantar a poeira escondida debaixo do tapetinho! E, convenham, há que se ter bastante humildade para abrir mão de todos os privilégios que a reputação de sua trisavó lhe traz ao longo dos anos!! PAUSA Mas há coisas que devem, como diz o Timótio, ser es-mi-u-ça-das, e é assim o processo da história – e sempre achei que devemos compreender o passado para evitar repetir os mesmos erros no futuro.

Pois bem, Iracema, na casa dos trinta, dedicou-se a dar voz ao problema da mulher: organizou a primeira passeata feminista, na Praça da Fé, em Brasília (que, na época, chamava-se Ilha das Trocas, devido às trocas que os colonizadores espanhóis faziam com os índios quando aportaram por aqui – vocês devem lembrar das aulas de história, trocavam espelhinhos, chaveiros e títulos ao portador por frutas, legumes, mel, pau-brasil, ouro, especiarias, lembram?). A mulherada compareceu em peso! Muitas vieram marchando desde os Sete Povos das Missões. Outras, tomaram bondes ou vieram de carona – na vanguarda do espírito on-the-road... [*Que tanto cochicha esse careca com o de terno?*] Arrojadíssimas, estavam doidas pra queimar os soutiens em praça pública, mas muitas ainda nem usavam as tais peças – hoje essenciais – da indumentária feminina (a trisa Iracema, por exemplo, não sabia nem como enganchar o colchetinho daquele troço e chegou a tentar, à exaustão, mas aquilo irritou tanto a mulher que ela violentamente tascou um ovo de cristal que um tal de Faber G. lhe tinha enviado como presente – dada a admiração INTERNACIONAL que muitos nutriam pela trisavó, a minha, claro). Mas, queimas à parte, sempre foram um sucesso, as passeatas. Sim, note que eu disse "as" porque, de Geiselândia ao Chauí, centenas de passeatas foram realizadas. [*será que essa água mineral é pra mim?*] A trisavó, popularíssima, tinha toda uma plataforma de melhoras para a condição da mulher, que incluía um revolucionário programa de aleitamento paterno, a distribuição gratuita não só de capinhas-de-vênus recicláveis, mas também de kits completos de manicura, além de farto material didático, com apostilas ricamente ilustradas sobre, por exemplo, os cuidados que se deve ter no ato de depilação com cera quente.

Hoje, "época de áureos revisionismos" (tirei isso da *Revista Vista*), [*ESTÃO GOSTANDO!*] os historiadores começam a insinuar que Iracema, de certa forma, tinha interesses pessoais. Heráldico Penna, nosso maior historiador da atualidade, chegou a afirmar que Iracema, sem dúvida, "legislou em causa própria" – e deu uma risadinha depois de falar isso! Olha, eu contesto, porque sempre vi na trisa um quê de desapego – basta lembrar como ela sempre se livrava com facilidade dos utensílios que lhe atravancavam o caminho e não era, por assim dizer, uma "materialista escrota" como o tal historiador deu a entender.

Devemos tentar recompor, ontem, hoje e sempre, a linha do tempo. PAUSA. CALMA! Se quisermos um país "que vai pra frente", como subentendo. Além do rechaço sofrido pela trisavó por parte do escritor que a havia eternizado, há ainda outros dados cruéis na biografia da velhinha: ter ela sido acusada de influenciar o Presidente Jônio quando de sua renúncia ao cargo de Maestro da Orquestra Regional de Campina Grande, ter ela sido envolvida naquele escândalo da Ponte Rio-São Paulo-Rio quando morreram mais de dois cachorros atropelados em decorrência do intenso tráfego de litorinas [*será que é falta de educação tomar a água?*], ter ela se recusado a ser torturada pelos volantes na época da Supressão e, por isso, nunca ter tido direito a se encostar pelo INPS, e, por fim, mas não menos, ter ela perdido, VERGONHOSAMENTE, a eleição para 2ª tesoureira do Clube 29 de Março por ter se manifestado a favor do aborto voluntário quando da Marcha pelos Direitos das Vítimas de Acidentes Domésticos e Afins em Aparecida do Norte, em 1875. Sim, a trisavó "estava em todas" como se diz por aí, se meteu em barafundas, em pipocadas, xingou, blasfemou, gritou, esperneou em praça pública – sim, foi uma "fora da lei consumada", uma "desvirtuadora de mães acomodadas", uma "vaca" (isso dito com todas as letras pelo Padre Fernão Cabello, da Ilha de Mao-Mao, extremo sul do nordeste do País), mas sempre manteve a chama da ideologia acesa em seu coração. Em seu coraçãozinho indígena. Portanto, RESPIRA não podemos achar justo que ela não mereça e firme seu lugar na história – um lugar digno pois, mesmo sendo mulher, tem direito a ser aclamada como uma heroína de seu tempo, ao lado de Maria Bonita, Jocasta, Medeia, Dona Benta, Marlene di Triche, Araci de Almeida e tantas outras no panteão das damas revolucionárias!

Aquela que surgiu como uma indiazinha a serviço do romantismo literário, escravizada mesmo pelo ideário paterno-centropoórfico, libertou-se dos grilhões da ditadura fono-estética, e fez sua voz valer mais, ajudando milhares e milhares de mulheres a perceberem e praticarem seu próprio grito.

[*ah, vou tomar essa água*!] A coletividade de seu ato único nos faz enxergar que ela não o fez (os gritos, claro) por causa própria e nem levou dinheiro na jogada. Morreu pobre, morreu sem uma poupança, sem um fuque que fosse na garagem, numa casinha totalmente desprovida de enfeites sobre o mobiliário modesto. Não se lhe renderam glórias na velhice. Aquela que foi um modelo, e cujo nome, sob forma de anagrama, serviu para batizar todo um novo continente ("AMERICA"!) foi mais respeitada lá fora do que dentro.

Senhores presentes, a pergunta que não quer calar é: não é hora da sociedade como um todo saldar a dívida para com a nossa trisavó?

A seguir, o prof. Ramas apresentará sua proposta de reabilitação do nome da grande Iracema – um projeto prático e bonito, cujo desenvolvimento só depende de um pequeno gesto de desprendimento de vocês. Começamos oferecendo estas delicadas estatuetinhas em forma da virgem, que vocês vão adorar! A Neide, aquela de blazer vermelho, vai passar uma caixinha. Aceitamos cheque, sim.

t e c l a d o
daqui de cima quadrados que suplicam toque daqui de cima espaços justos retângulos exatos alinhados convidam a combinações daqui de cima notas se despregam trechos se desenrolam histórias vão se contar daqui de cima respiro

Aqui em Cardenas.
Aqui em Comayagua.
Aqui em Glendale.

Aqui em Cardenas, quando eu saio (a casa é antiga e as calhas foram pintadas de verde-escuro) tem sempre uma velhinha simpaticíssima (bengala) conversando com uma mulher de traços impensados (marido?). Às vezes eu digo Bom dia. Ela acena. Às vezes eu estou com muita pressa.

Aqui em Comayagua, quando eu saio (a casa é imensa e as calhas foram pintadas de verde-escuro) tem sempre uma velhinha simpaticíssima (bengala) conversando com uma mulher de traços impensados (marido?). Às vezes eu digo Bom dia. Ela encena. Às vezes eu estou com muita pressa.

Aqui em Glendale, quando eu saio (a casa é antiga e as folhas foram pintadas de verde-escuro) tem sempre uma velhinha simpaticíssima (banguela) conversando com uma mulher de traços impensados (marido?). Às vezes eu digo Bom dia. Ela acena. Às vezes eu estou sem muita pressa.

Meu trabalho é dedicado à cópia. Noites inteiras dias inteiros novas noites manhãs: cópia. E às vezes sucumbo ao cansaço às vezes talvez pulo linha (os olhos embaralhados as pálpebras pesam cambaleiam tiranas e desobedientes as mãos são precariamente inventivas) talvez até um trecho não sei. Guarde que o que faço é cópia e isto tem leis invisíveis embora inquestionáveis. Às vezes (os dedos cansados) dói muito tocar a superfície. Mas é esta superfície de aparência serena que dita as regras que determina a continuidade da frase o mistério do movimento preciso.

Aqui às margens do Irrawaddy, quando eu caio (a casa é antiga e as falhas foram pintadas de verde-escarro) tem sempre uma valinha secretíssima (bengola). Conversando sobre uma melhor de terços imprensados (medo?) às vezes eu maldigo Bom dia. Ela insana. Às vozes eu estou com muito preço.

wowowowowow

A quem falo, sendo aqui e lá sempre o estrangeiro, tudo vem, chega, permanece intensamente exótico, estranho, com feições deliciosamente imprevisíveis. Portanto, a interpretação revelará aspectos essenciais aos câmbios. *Qualquer edifício se faz a base sobre o espaço.*

Veja:

o menino que aparece na tela é de uma simplicidade contundente, mas investiremos nele, na imagem dele, intrincadas teorias para garantir que dominamos leis. O menino que eu quero não se move. Não é cena. É só uma pose. E ali, no espaço determinado pelas quatro linhas com ângulos iguais, ele respira. Ninguém ousará dizer que não respira. Encostando o ouvido à concha, no todo o mar. Encostando o ouvido à folha, em todo o pulso do inventado menino. Canais e conteúdos.

Observe que eu apenas copio. A casa tem janelas igualmente verdes. Os canais determinam podes.

Quando eu saio e a velhinha acena eu sei que estamos dentro de uma fotografia. Aqui em Cardenas. Aqui em Gatineau. Às margens. Aqui nesta cadeira onde eu sento. De onde vejo as pequenas formas de quatro lados. Pulsando.

Daqui de cima.

LIGA

Ano de 94. 1994. Você tomando o cafezinho às pressas. Foi por isso que nos demos tão bem. Eu tomando aquele cappuccino bem devagar. Por isso nos demos tão bem, não? Você no balcão do café. Eu no balcão do café. Você na praça de alimentação daquele shopping. Nos demos tão bem no ano de 1994! Eu no mesmo shopping no mesmo balcão naquele mesmo dia do ano. Eu terminei o cappuccino. Você terminou o cafezinho. Foi por isso que nos demos tão bem naquele ano. E vai correndo pro banco. E eu vou devagar pro mesmo banco. Mas ainda nem sabe. Mas ainda nem sei. Você me olhou demorado. Eu olhei bem rapidinho. Foi por isso que nos demos tão bem no ano de 94. Eu reconheço você na mesma tarde. Você me reconhece. Não nos vimos hoje no shopping? Acho que nos vimos hoje mesmo no shopping, não? Não teríamos nos visto ainda hoje no shopping? Sim. Pode ser. Acredito que sim. Sim, de fato. Café? Cappuccino? Foi por isso que nos demos tão bem naquele dia. Você tinha filhos adolescentes. Por isso nos demos tão bem naquela tarde. Meus filhos eram adolescentes. E você não liga a mínima pras brigas. E eu não dou nem bola pras brigas. Foi por isso que nos demos tão bem naquele fim de tarde. E você acha um absurdo aquela taxa de 2,5 ao ano. Eu também acho um incrível absurdo 2,5! Foi por isso que nos demos tão bem naquele começo de noite. Confessa que tem que chegar antes das 8 em casa. Eu tinha que chegar antes das 8 em casa. Foi por isso que nos demos tão bem! A minha mulher vasculha os meus bolsos, acredita? Jura? Por isso nos demos tão bem naquela noite. Acredita que o meu marido vasculha a minha bolsa? Ah, nos demos tão bem naquele bar. Só porque você gosta dos filmes do Hitchcock. E ela detesta. E eu gosto dos filmes do Almodóvar. E ele detesta. É o meu favorito! Eu adoro! Ela odeia. Ele detesta, consegue imaginar?! Foi por isso que nos demos tão bem naquela semana. Posso ligar mais tarde? Claro, ele vai sair pra jantar na mãe esta noite. Toda quarta. Ela vai na hidroginástica. Toda terça e quinta. Foi por isso que nos demos tão bem naquele mês inteiro. No ano de 94. Ah o ano de 1994! Com pouco açúcar. Pra mim com mais açúcar. Foi por isso talvez que nos dávamos tão bem naquelas noites. Gosto do verde. Prefiro o cinza. Gosto do branco. Gosto do tinto. Gosto da amarela. Mas já viu a alaranjada? Foi por isso que nos demos tão bem naquela cama. Eu tenho que contar um segredo. Eu quero contar um segredo pra você. Sonho com algo secreto. Eu vou contar pra você uma fantasia. Promete que não ri de mim? Vai rir de mim se eu contar? Foi por isso que nos demos tão bem em todas as outras camas. Faz? Faz? De novo? Fez? Fiz. Faço? Eu faria de novo. Mais? Claro. Foi por isso que nos demos tão bem no ano de 1994. Eu vou ser transferido pro norte de Antares. Eu vou ser transferida pro sul de Andrômeda. Liga de vez em quando? Ligo sempre. Jura. Juro. Vai me visitar? Já pensou que loucura? Já pensou que delícia? (sussurra algo). Que loucura. É, que delícia. Foi por isso que nos demos tão bem no ano de 1995.

QUANDO ABANDONEI PETER CLAREMONT E ELE FOI TRABALHAR NA ESTRADA DE FERRO DE HOWLAND

Eu entro
na sala você entra no meu coração a música invade tudo você invade a minha cama eu entro no seu corpo a música cessa para um segundo volta a música invade o meu coração eu entro na sua vida você para eu penso eu respiro acelerado e olho pela janela você pula este parágrafo

O solo
do piano é uma nuvem você me disse que era tudo pra sempre eu atravessei a rua o pianista era cego você acreditava muito em mim e eu interpreto os ritmos mais variados e você não sabe ler partituras você não sabe ver horizontes você não sabe falar língua nenhuma apaga a luz a tarde pediu falência

O profissional
disse que eu precisava de um suprimento de melodias e eu escolhi duas melancólicas uma vibrante e uma impressionista e uma você proibiu e outra você fez que nem escutando e o besouro subiu lentamente eu vejo como ele é enorme entre meus olhos e ele há este vidro e entre mim e você há uma lente escura

Você me

explica que para um homem é importante eu explico que para mim é importante – alguém teria um esparadrapo na bolsa o extrato mais recente da conta um manual de etiqueta foi uma pergunta por acaso? As vozes ficarão penduradas no ar e pode ser uma canção e pode ser o preenchimento obrigatório do questionário

Hoje é

dia de folga você exubera e eu conto sobre os areais os laranjais os continentes saltados no mapa e ninguém mais sabe sobre mim e as multidões esperam aquela pessoinha aparecer no palco na janela na tela aparecer ressurgir ressuscitar do buraco da fechadura você mesmo insistiu que a página de abertura se iguala ao céu

Eu serei

sua blusa sua semifusa sua linha de frente sua caneta-tinteiro sua bicicleta com rodinhas sua pastilha para tosse sua torrada com pasta de amendoim sua respiração diafragmática sua bula papal sua folha de pagamento sua sobremesa que fica pronta em minutos sua cotovia sua flox sua pá sua fé sua please

Eu serei

seu bíceps supinado seu molinete em promoção seu terceiro olho seu sobretudo seu xale seu escudo seu menestrel seu marciano favorito seu negócio da china seu esporte interativo seu acorde aumentado seu encarregado de expedição seu clube de compras superexclusivo seu estacionamento se fã seu alright

Nunca

tinha visto açucena do oriente nunca tinha tomado água da chuva nunca tinha tomado água de neve nunca tinha dormido às vinte e três e setenta nunca tinha encontrado um tesouro da antiguidade nunca tinha cavado tão fundo nunca tinha encontrado água nunca tamanha sede o amor tem destas coisas

Nunca
tinha pulado poças nunca tinha encurralado o bispo nunca tinha cerzido invisível nunca tinha experimentado com açúcar nunca tinha conjugado tempestades nunca tinha tido o nome na primeira página nunca tinha sentado na primeira fila nunca tinha testemunhado nunca as coisas que tem este amor

aquele dia na casa do estafeta na jaula dos elefantes lembra aquela tarde na biblioteca na discoteca da esquina no salão da abadia no bingo beneficente lembra aquela flor amanhecida lembra aquela rua enviesada onde o hermeneuta aquele pão adormecido onde o astronauta lembra aquela noite quebrada rachada moída em que você me contou sobre o preço da passagem

lembra
aquele preço   aquela noite   aquela passagem?

Era uma história qualquer que podia ser longa ser triste ser qualquer uma mas era a minha: quando você entrou eu assobiei eu aplaudi eu acompanhei você em todas as medidas em menos nenhuma das canções e
quando você saiu de cena eu pedi eu gritei em implorei bis.
O mapa é o maior dos imensos e dos agoras e ali consumi os olhos que eu tinha tentando encontrar as coordenadas compreender as escalas e tudo um emaranhado de acidentes geográficos de distâncias imprevisíveis.

Nesta rua em que saí andando há horas diviso uma palavra que acende e apaga e eu gosto daquilo e me aproximo e lá de dentro vem uma música que acaricia e por isso eu vou entrar por esta porta.

O luminoso pulsante é feito o dia em que se inaugurou esta história em que você era a minha mais que serena multidão.

DE DIA

Eu e a Dona Doris somos tristes. Ela não tem muito motivo, acho. Ela é muito linda, não faz mal que seja de idade. Não conheci quando era moça e nem vi foto, mas deve ter sido uma mulher daquelas que todo mundo comentava de beleza. O cabelo lisinho é a coisa mais bonita do mundo. O meu é ruim. Os dentes dela são retinho. Um dente meu de trás dói, mas eu não reclamo porque não tenho tempo pra ir no dentista mesmo, porque a Dona Doris faz questã que eu fique direto do lado dela, pra escutar as histórias.

Também faço a comida e compro revista pra ela. De artista. Importada. Compro lá no centro da cidade. Vou de ônibus. Ela finge que lê naquela língua esquisita. E eu finjo que ela sabe. É tudo em inglês, acho, e um dia ela me disse que as palavras lá não têm acento, já pensou? Eu não avancei muito no estudo, mas sei colocar acento em cima, por exemplo em paõ. A Dona Doris fala puxado, no começo era dificultoso entender, mas depois de ouvir tanta história, e ela repete, já peguei o jeito. Tem coisa que eu sei que ela inventa metade. Acho que já está como a minha avó era, meia caduca.

A coisa mais linda além do cabelo que eu acho na Dona Doris é a voz. Canta em estrangeiro e sabe de cabeça uma porção de música. E vai até o fim. Se eu tivesse um violão podia seguir ela, mas eu não tenho nem ideia de como é que faz aquelas coisas com a mão. Canta com sentimento. Se eu cantasse como ela não ficava nunca triste. Não sei bem o que é verdade de tudo que ela diz. Às vezes é esquisito, por exemplo, disse que o nome da mãe dela era Alma e eu não quis discutir, mas eu sei que alma é outra coisa. Não iam dar nome de espírito pra uma pessoa. Nunca retruquei. Talvez seja nome aceitoso em outro país. Uma vez disse que a família dela era de alemão por isso ela tem aquele sobrenome comprido que eu não consigo nem ler. O meu é Dias e eu acho bom porque é facinho de escrever sem letra repetida. Também o lugar que ela nasceu, quando eu perguntei, ela disse O raio. Não sei onde que fica, mas deve de ser no sul. O marido dela tocava um coiso que chama trombone. É de ferro. Me mostrou uma foto numa revista. Não foto do marido, que deixou ela faz tempo. Foto de outro homem tocando aquilo. Achei engraçada esta palavra trombone. Foi lindo como eles se conheceram, ele levou ela no cinema. Era bem mais velho, mas a mãe dela deixou. Depois descobriram que já era casado e a mulher estava até esperando nenê. Coitada da Dona Doris, não começou muito bem a vida sentimental dela. E tão novinha! Tinha só dezesseis.

O pai dela era safado. Ela me contou que ele teve um caso com a própria amiga da mãe dela. Professor de música. Nunca fala muito do pai. Mais da mãe, mesmo. Eu não tive pai. Ela pelo menos teve. Um dia escutou o próprio pai dela fazendo safadeza com uma mulher na própria casa deles e a Dona Doris contou pra mãe e eles se separaram. Achei isto bem triste da família dela desmanchar. Eu nunca tive família.

A Dona Doris repete que ela casou quatro vezes, mas nenhum deu certo. E sempre fala que o verdadeiro sonho dela era ter família grande e casa pra cuidar. Não deu. Acho que não soube escolher bem. O primeiro marido, quando ela tinha 17, era um demônio. Aquele homem do trombone que eu já contei. É, acabou casando. Me mostrou uma calçada nos Estados Unidos onde tem desenhado umas estrelas bem grandes pra atriz de cinema com o nome da pessoa escrito ali. Eu nunca fui num cinema. Recortou uma estrela daquelas e colou na cabeceira da cama. Eu nem achei tão bonito. Ela já foi nos Estados Unidos, acho. Quase todas as histórias que ela conta passam lá, mas isso com certeza ela inventa. Pode até ter ido lá de moça, mas deve ter sido uma fortuna. Passagem de ônibus já é caro, imagina se ela foi de avião. É, pode ter sido rica, eu nem nunca tinha pensado nisto. Dinheiro ela tem, decerto não muito, mas dá pra pagar o aluguel daqui e comprar comida folgado. Ela não me paga salário, mas também nem precisava porque deixa eu viver aqui sem estrilar. Se eu pedir, paga dentista. Nunca me negou nada e eu posso abrir a geladeira e pegar o que eu quiser. A hora que eu quiser.

O primeiro marido tinha muita tristeza por dentro, mas ela gostava dele mesmo assim. Judiou dela feio. Até na frente dos outros ele acusava ela de não saber comer direito na mesa. Tipo de machão. Mas ela gostava. Foi músico de sucesso e viajava com o grupo. Às vezes ele não levava ela junto. Ela fumava dois maço por dia naquele tempo. Devia de sentir nervoso. Com essa voz bonita dela, se quisesse fazer carreira de cantora bem que dava. Ia ter sucesso até mais que o tal marido. Chamava ela de vagabunda. Tão triste isso num matrimônio! Tinha ciúme, o ruindade. Mas nas coisas de casal, sabe, nas intimidades, era bom. Acho que compensava, vai entender! Quando pegou barriga do filho ele queria que ela tirasse, mas a mãe dela não deixou. Ele bateu tanto que ela quase perdeu. Depois deixou ela pra sempre e foi com uma amante. O nenê era menino. Ela já tinha dezoito então.

Uma vez por mês a Dona Doris manda eu comprar parafuso. Não que use. Tem um montão na parteleira da lavanderia. No começo eu também não atinei. Depois descobri que ela manda eu numa loja bem longe sempre no dia que vem aqui o moço loirinho. Já vi ele duas vezes. Uma vez vi ele falando no telefone e falava estrangeiro. E ela não quer que eu conheça ele. Deve ter seu motivo. Um dia fui bem rápido na loja e quando cheguei de volta aqui com os parafusos ela falou pra eu voltar e comprar mais doze. Acho que este moço é que paga o aluguel e dá dinheiro vivo pra ela. Mas ela nunca falou uma palavra dele e ele nem participa de nenhuma história das dela. Tem olhão azul igual da Dona Doris. Eu não. Uma vez perguntei porque que ela aguentava tanto marido tralha e ela falou que ficava muito triste sozinha e então preferia ficar com qualquer homem, mesmo que ele batesse, pra nunca sentir solidão. Tinha aquele sonho de ter casa e filhos.

O primeiro marido deu um tiro na cabeça. Mas ela nem vivia mais com ele, ainda bem. E não chorou uma lágrima. Disse que quando era mais nova também tinha gênio ruim. Achei isso difícil de acreditar porque ela é bem boazinha hoje em dia. Mas insistiu que teve gênio de cão quando era moça por isso não parou marido em casa. O segundo que ela teve também era músico e tocava um negócio engraçado que faz uma volta. Ai, como é que chama aquilo? É de ferro também e assopra dentro. É, faz uma curva. Esse segundo também era louco de ciumento dela. Ela pensou que ia ser feliz com ele. Naquela época tinha um corpo bem bonito e os homens reparava direto. Eles viveram um tempo dentro de uma casa puxada por um carro. Isso eu não entendi bem. Um tipo de casa que não era ali sempre num mesmo lugar e eles podiam arrastar com um carro. Nunca vi disto, mas não duvidei. Vai ver que ela viu em revista. Não sei por que que eles não quiseram casa fixa. Era apertado, ela disse. A mãe dela foi morar junto pra cuidar do filho e o segundo marido começou a chifrar ela. A Dona Doris conseguiu um trabalho bem longe. Nem sei bem do quê. E levou a mãe e o filho pra outra cidade. O marido pediu divórcio por carta. Durou só oito meses o casamento. Coitada da Dona Doris. Eu nunca consegui casar.

Até o ano passado era mais divertido porque de tarde a Dona Doris gostava de ver televisão. Televisão de verdade não, só os filmes. Televisão de verdade ela não deixa. Mas rádio sim. Eu escuto muito radio de noite. Na cama. Quando ela já está dormindo. Aqui também não toca o telefone. Ela tem um, mas só usa pra pedir remédio da farmácia e o moço entrega de moto. Nunca ninguém liga. Eu gostava muito das fitas que ela tinha e a gente via uma porção de vezes. Sempre os mesmos filmes, mas não cansava. Preciso contar uma coisa: ela pedia pra eu sentar no sofá do lado dela e ficava um pouco embaralhada a minha vista tão longe da tela. Gosto de ver de pertinho. Eu nunca consegui ler nada do que estava escrito e era muito rápido que passava. Mas eu ria quando ela ria e ficava em silêncio quando ela ficava, como se eu tivesse entendendo tudo. Não queria que ela decepcionasse comigo. Depois mandou subir o grau dos meus óculos e aí melhorou. Mas eu não conseguia nunca ler porque passa muito rápido as palavras. Nem com os óculos bom. Como é que o povo consegue, hein? Toda tarde era os mesmos filmes. Até que o videocassete estragou e depois desapareceu da sala. Quase certeza que ela pediu pro moço, aquele que vem de vez em quando, mandar consertar e ele esqueceu. Ela guardou as fitas na cômoda do quarto. Televisão ela não liga, mas eu nem preocupo. Os filmes eram todos com uma mocinha loira bem linda, de cabelo lisinho e olhão azul. Tinha bem perto de uns trinta filmes, tudo sempre com a mesma moça de atriz. Ela cantava no meio do filme e no fim sempre ficava com o homem mais lindo da fita. Era muito engraçada às vezes. Eu gostava de um que chamava *Ardida como Pimenta*. Mas tinha uns que eram de coisa séria. Eu não entendia, mas ficava ali todo o tempo. Quando via os filmes a Dona Doris não parecia tão triste. Só uma vez ela chorou bem no meio.

Depois que ficou sem marido ela fumava três carteira por dia. Sofria. Contou que era namoradeira; teve uma porção de namorado neste tempo. Um se chamava Rônalde, que depois foi Presidente não sei de onde, isso ela não explicou. Foi de um país aí. Bem importante, eu achei. Quando encontrou o terceiro marido ele era casado, mas deixou a mulher pra viver com ela. A mulher dele era cantora. A Dona Doris tinha 27 quando casou de papel passado com este homem. Nunca contou se foi feliz com ele ou não. Acho que não porque nunca disse nada. Ela sempre fala de um amigo do trabalho que se chamava Roque. Ele achava engraçado chamar ela de outro nome. Chamava ela de Eunice e se divertia. Minha vó tinha medo de cachorro de rua porque se eles mordem a gente espuma até a morte e quando passava perto de um dizia Valha-me São Roque. A Dona Doris fala muito deste Roque, mas era só amigo.

O filho dela já era adulto e tinha profissão firmada e tudo, mas morreu de uma doença bem horrível. Não sei muito esta parte porque ela só falou uma vez no filho. Ele fazia músicas e cantava também. A doença não sei qual foi. Um pouco depois é que ela veio morar neste apartamento aqui. Quis fugir de tudo de tanta tristeza. Não quis mais falar com a família, acho. Quando era mocinha sabia dançar, mas teve um acidente de carro e não pode mais. Eu não sei dançar. Eu nunca dancei. Passou quase um ano numa cadeira de rodas. Ah, lembrei que o terceiro marido dela roubou tudo o que ela tinha de dinheiro. Por tudo que tinha trabalhado nos 17 anos que eles passaram casados. Ela dava pra ele cuidar e ele gastava e mentia que estava guardado. Quando ele morreu não tinha nada. Ela teve que trabalhar duro depois que ficou viúva. Um dia ela disse que tinha um neto. Mas só uma vez.

Ontem a Dona Doris contou que tem muito medo de avião. Por isso não viaja nunca. Uma vez convidaram ela pra ir num lugar bem longe, num tipo de festa pra ela e ela agradeceu e disse que não ia porque só de pensar em subir no avião vinha um frio de medo na espinha. O último marido dela era garçom de um restaurante bem caro e ela conheceu ele um dia em que ela comia lá. A Dona Doris tinha cachorro, ela gosta muito de bicho, e ele conquistou ela oferecendo osso do restaurante que tinha sobrado aquela noite pra ela levar. Era bem mais moço que ela, mas esse marido já morreu também. Eles divorciaram porque ele acusou a Dona Doris de gostar mais dos cachorro do que dele.

Hoje a Dona Doris acordou esquisita, puro nervo. Repetindo que não era virgem. Não entendi. Tentei consolar ela, mas ela nem me deu pelota. Depois ela ficou lá na cama cantando uma musiquinha que eu gosto que num pedaço diz Que será, será. Até ficou meio enjoativo porque ela cantou aquela música a manhã inteira. Mas pelo menos depois ela melhorou. Disse que estava cansada de ser a namoradinha da América. A Dona Doris diz cada coisa! Me deu um pouco de pena.

Antes do almoço me chamou porque tinha duas coisa importante pra falar: primeiro é que ela vai se mudar pra uma casa com quintal grande porque quer ter cachorro de novo e segundo é que ela quer que eu passe a chamar ela de Dona Clara.

De noite eu fiquei pensando que ela não explicou direito se vai me levar junto ou se não.

VARIAÇÃO

KATE GLOSS é a mulher dos meus sonhos. qualquer coisa que você me perguntar sobre ela eu sei. decorei tudo que fala dela na wikipédia e sei ler inglês fiz o curso numa escola aqui do bairro pra poder ler na internet e um pouco de espanhol também consigo.

TOPPY GLOSS trará aos seus lábios aquele brilho sensualizante e definitivo que faltava. é a grande pedida, a febre pro verão que vem aí. vibrante, com efeitos laqueado, splash ou intenxion. duração mínima de 8 hrs corridas. o absoluto. <comprar>

ZIGWALT GLOSS é o célebre cientista germão (16121631) que se destacou, entre outros feitos, pela invenção do brilho labial. depois da fama estabelecida, fixou residência em paris. há no louvre uma notável tela mostrando ele. nunca foi poeta só cientista.

EDIT GLOSS é o melhor tutorial para reparos estéticos de bocas em fotos digitais. com ele você pode, numa sentada, melhorar as fotos no seu próprio pc. dá pra aumentar, realçar, criar pra caramba. excelente e descomplicado. faz bocão natural.

Eu nun*hic* pensei que isso fo*hic* aconte*hic* justo comi*hic*! Já tinha li*hic* numa revis*hic* que tinha acon*hic*cido com um carinha lá nos Esta*hic* U*hic*dos mas nun*hic* aqui! Hic é aqui. Vem do latim. 'Hic' é um advérbio *hic* significa neste lugar, nisto, aqui, *hic*. "Hic et nunc" significa exatamente neste lugar e agora. Nunc não é nunca. Nunc é agora. Nunc pensei isto nem agora mas aqui.

A Sra. Ilma se toca no escuro. A Sra Ilma se toca no escritório. A Sra. Ilma se toca na esteira se toca no estribo se toca no estrado no espaço no espelho a Sra Ilma se toca no espalho no espanto no espasmo na espera na esperança na esperteza ela se toca na espineta. Olha lá já está fazendo de novo a coisa continua a Sra. Ilma se toca no esparrame se toca se toca não para nunca a Sra. Ilma se toca na espreita se toca no espéculo no específico no espesso no espetanço e sempre e quando pode num espevitamento num espicho numa espiral numa espiração. A Sra. Ilma se toca no espírito. Ilma Sra se toca em especial é um tocar é um toque espartano é um toque é um tocar espasmódico é um tocar espavorido espectral Ilma Sra quando se toca é espetacular é espirro é esplendoroso é espojo. No fundo e no meio a Sra. Ilma é puro esplim.

[Me deu. Me deu assim por dentro uma coisa grande e por dentro. Me deu uma sensação grande comprida dilatada extensa de míngua de escassez de desavisamento uma sensação descomunal ciclópica titânica imensa colossal de penúria uma coisa por dentro lá no cerne no imo no bojo bem no centro. Me deu assim por fora um tipo de arrepio é, foi por fora, sim senhor. Uma coisinha nem tão grave – miúda – que eu percebi de leve entre as risadas dos amigos Entre as linhas da conversação Entre os pensamentos dos transeuntes Entre uma garfada e outra. Coisinha. Um deixa pra lá. Bem por cima bem superfície uma dorzinha chata e sem nome. Coisa vaga mesmo coisa desabitada sem sentido que eu – por desocupância – incorporei].

Um GLOSADOR é um adjetivo e/ou um substantivo que se refere àquele que glosa, aquele que não para nunca de glosar, um hermeneuta, um intérprete. Aquele que manhã tarde e noite glosa glosa glosa quase que por compulsão. O transitivo direto glosar é explicar algo por meio de glosa é exercer qualquer censura é criticar é até condenar é ainda suprimir um trecho é desaprovar por escrito é eliminar subtrair rejeitar uma parte da conta uma verba uma porção de dinheiro ou de números ou de palavras e na música fazer glosas é fazer uma variação.

O Sr. Ársen (do gr. "macho", "másculo") passa aqui na frente de casa todos os dias às vezes é gordo é enorme e tem dificuldade de andar com aqueles pezinhos não sei como mantém o equilíbrio quando está magro magríssimo macérrimo não sei como é que o vento não leva ele embora pra outro rincão porque está que é puro osso e às vezes carrega um quilo de banana batata farinha alcatra abóbora mandioquinha pólvora chumbo pena algodão. É um grande trabalhador este Sr. Ársen e se multiplica em formas de um extremo ao outro agora está passando aqui em frente de casa com um blusinha de paetê e chupando chupando chupando muito um pirulito de volfrâmio.

A coisa que eu mais gosto na Quêity é a brilhância a luminância é aquele brilho da boca. Eu ficava imaginando aquela cobertura total e irrestrita aquele molhado aquele tom sexy tão sedutor. O líquido umedecendo intensamente e fazendo brilhar intensamente cobrindo contornando tudo cobrindo aquela cor pálida e sem graça do lábio que ela possivelmente tem. Sem parabenos. É uma experiência incrível isto de poder mudar de textura e de luminosidade de tamanho de ilusão de glamour dá sensação de espelhamento de sorriso encantador de sorriso sublime de cintilação de nuance de ser irresistível. Sabor baunilha coco verão. Eu ficava e fico imaginando. Agora você também.

Larga isto imediatamente! O tungstênio (ou wolfrâmio), notável por sua alta densidade maior do que a da água e próxima à densidade do ouro, interfere no metabolismo do molibdênio! Larga este troço imediatamente, cara! Embora apresente o mais alto ponto de fusão de todos os metais esta porcaria ainda vai te levar pro túmulo porque é tóxico. Para de chupar de lamber de beijar esta lâmpada incandescente, este tubo de raio X este pirulito e outras aplicações eletrônicas! Se a tua mãe te pega se o vigário descobre se a vizinha comenta se a tia de madureira desconfia se o teu padrinho fica sabendo a coisa complica fede pro teu lado a corda arrebenta a vaca vai pro brejo você vai ver a viola em caco. Dá já pra mim este negócio que você está segurando perto da boca.

as cores mais escuras e mais chamativas tipo roxo, marrom, vinho tinto e pink são as melhores para bocas pequenas porque ajudam a destacar o visual ao passo que tons mais básicos tipo coral, laranja e rosinha ficam um show pra quem tem lábios volumosos e carnudos. *COMPOSIÇÃO: Paraffinum Liquidum, Instumeticus Planus, Ricinus Communis Seed Oily, Polyisobutenatone, Hexylene Glycolisamida, Caprylyl Palmitate, Tocopheryl Phenoxyethanol, Thungstêny, Aroma Falsificado de Flores.*

Variação: combinatória diatópica
diafásica estilística diastrática regional
genética livre paramétrica

sin: afronésia, veneta, alheação, alheamento, insânia, alienação, amência, deliração, loucura, deliramento, piloura, delírio, delusão, demência, frenesi, dementação, desvairo, desvario, frenesim, insânia, insanidade, mania, psicopatia, tresvario, vareio, desatino,

até que a morte me separe: hic et nunc.

PÁSSAROS QUE EU VOEI

Quando se queria referir àquelas figuras usava-se a palavra passere.
Passeres denota pássaros, mas ninguém diz assim.
Usa-se a segunda forma, consagrada.
Ordem de aves pequenas.
Alguns cantam alguns nidificam com perfeição alguns devoram sementes
alguns frutos alguns insetos – bom para a plantação. Mas podem causar prejuízos.
Pássaro-voa é um
jogo popular.

Graus da escala = Tônica:

(O que sentirão os pássaros quando a chuva se aproxima? Ameaçados? A densa solidão é uma ameaça, a chuva imensamente. Invejo os pássaros porque o instinto. Tivesse que enfrentar a água toda diria apenas Não posso. Cansaço de conhecer e desconhecer. Sem argumento, os pássaros talvez um pavor inimaginável também. Tanto por sobre. Para onde ir? Que gosto tem sair na tempestade sem temer a água?).

(Imaginar você conchas sorrisos recolher. Esta ilusão infrutífera desejar. Perfumes atrair seu corpo. Desenhos atrair. Mas simulamos vozes timbres adequados convenientes. E nos tornamos papéis. Queria o corpo outra vez então aquele impuro sublime sintonia aquela devassidão. Tanto apagando lento. Chuva e espanto. O que nos restaria inteiro sem ser consumido pela água?).

Mediante:

(Pedaços de ontem. O mais real terá apenas este rosto? Descartes. Fragmentos congestionados de palavras. Nomes. Que nomes são? Procurar no dicionário o que é sentido. Eu que acreditei que brilho eternamente: este escuro).

(Observei você guardando os livros na estante – tão lentos gestos, olhando para os objetos da cozinha o pensamento em esferas desconhecidas. Ponta do novelo. Tudo de nós feito uma história sobrou agora observar as linhas da minha própria mão).

Dominante:

(Dentro de mim sua voz traçando monólogos intermináveis. Serei a plateia que nada enfim compreende? Voz que existe e que não. O que é este tempo de atrás? Este nenhum de nós?).

(Você existindo apenas em mim. Agora nós sendo outros. Onde estar? Preciso devolver as suas falas apagar reger ordenar esquecer. Imagens em meio a véu. Estarão ali também as promessas? O chá esfriou esfriou esfriou o chá. Por dentro um amanhecer que entardece).

Sensível:

(Encontrando você num elevador, numa esquina, numa loja de um shopping onde eu fui só pra comprar alguma coisa desnecessária, um dia num supermercado não me verá. Olha eu aí: indescritivelmente triste/feliz. Pedaços com certeza embaralhados partes a descoberto. Mercúrio de um termômetro que se quebrou contra a solidez do piso. À noite chorarei por longo tempo com pena de mim e de tudo e depois pararei ridícula criatura porque é melodramático e inútil. É excesso. Meus detalhes em franca revolução. Voos. Você nem mesmo me viu no elevador esquina loja. Não viu correrem desesperadas as partículas daquela prata líquida. Antes que chegue esta chuva não me verá não me quererá jamais ver).

(Olhando fotografias passo pelo rosto seu deixo a foto se misturar com outros rostos atemporais. Mas à noite – no meio da noite – acordo com aquele silêncio perturbador me levanto – o chão frio – acendo a luz e colho o seu retrato baldado entre tantos sorrisos sem sentido. São papéis. São estampas fingindo estar nas minhas mãos. Olho e sinto o quanto já não existo. Um dia vou lhe encontrar numa esquina, vou lhe encontrar casualmente num supermercado. Veja o meu lábio tremendo. As narinas que se dilatam. Sorrirei para disfarçar. Meu coração louco o som das palavras que não se dispensaram. Discurso no verso da folha. E a folha em branco).

Tônica:

(Quando a voz acaba e os rostos de reserva um jogo sem frases bombásticas pérolas hipérboles guardadas numa improvável manga. O prospecto não traz onde é a saída. Você fantasma desmoralizado – de tão explícito – outrora semideia criatura. Teria asas? Não precisamos da razão pra prosseguir neste pentatlo).

(Flores transplantadas para vasos diferentes. Participo desta estrada desta corrida desta novidade. Tento participar desta estrada desta corrida desta novidade. Agora nenhuma lei absoluta sacrificará o animal de pata quebrada apenas porque já não corre).

Cadência:

Figura entorpecida muda vencida respiração. Você tem um rosto tão bonito. Ninguém mais é. Vamos engolindo números. Não ser a noite que vemos. Pensar que sim. Pensar que sempre. Degraus. Bandeiras. Escadarias. Sinais que mostram como voltar. Retroceder. Ferrugem. Mais do que supomos, os dias. Seriam voos? Canto onde me escondo. Nunca que os passos andam as asas alcançarão. Ontem cada vez mais longe. Títulos neste pódio. Respiração. As ruas se levantam cada vez mais ruas o tempo pesa nos ponteiros. Olho meço encontro. Seu rosto é tão bonito. Digo o seu nome e você imagem como que absolutamente não compreende me olha. No mundo que me construo talvez eu não saiba combinar corretamente as palavras – continua me olhando – os sentidos se dissolvem escapam portanto. Respiração. Alguém você apenas o nome no impenetrável. Quem é quem está sendo agora você? Horas sobrepostas hoje. É mentira que você foi embora porque está aqui me encarando está aqui em quase tudo nas horas vermelhas nas palavras doces na tinta no antes e depois. Das mãos olhares veem – intuo qualquer coisa de pequenas flores, saiba quanto são pequenas antes de tudo. O pássaro voa todos os pássaros. O que caberia dentro do nome que eu ainda chamo?

Não seja ilusão: são ecos.

E ecos jamais serão.

UM ATO

Quando eu tinha dezessete inventei uma tragédia que se chamava *Quem será por nós?* Eu encenava aquilo contínua e obstinadamente. Caprichava nas poses, aperfeiçoava as inflexões, os gestos, dia a dia repetia as frases que eu achava magníficas e que, com certeza, causavam grande impacto. Era estruturada em dois atos: "Começo" e "Meio".

Depois, com dezenove, um cara me falou *Tá bem chatinho esse teu jeito de ser – tá redundante e previsível.* Eu não sabia bem o que era redundante e foi bom porque achei que era algo gravíssimo muito grave mesmo e mudei. Não de imediato. Claro que não. A gente leva um tempo pra admitir que esses caras que falam as coisas em 87% dos casos estão meio certos.

A partir dos vinte passei a encenar uma comédia, de autoria própria, que se chamava *Eu por mim*. Ficou quase cinco anos em cartaz. Era dividida em dois atos: "Meio" e "Fim". Casa lotada no começo. Ótima bilheteria. Por um bom tempo vivi da alegria de viver. Por uns bons anos. Vezes dormi ao som de aplausos. Vezes me peguei rindo de nada. Aí aquele cara apareceu e falou *Olha, né por nada, mas foi ficando bem sem graça esse teu jeitinho; tá, tô sendo sincero, defasado, sabe como? Tá anacrônico.* Aí fui direto pro aurélio ver direitinho o que queria dizer tudo aquilo – anaoquê? Refletir fatos em profundidade é uma das chaves do sucesso, não? Reconheci que meu repertório estava mesmo vencido.

Durante dois longos anos me submeti a autorias alheias (se chama crise de alguma coisa, não me lembro, mas foi fartamente descrito pela literatura especializada). Me dediquei a um período de engajamento, encenando um monólogo curto de título *Um por todos*. Só tinha um ato: "Meio". A crítica não foi muito favorável, mas fiquei em cartaz com aquilo por alguns meses. Daí o cara dos parágrafos anteriores falou *Cê não tem jeito pra cena monologal! Não adianta bater nessa tecla.* Curto e grosso – não me poupou. Mas acabei agradecendo o comentário. Fui fazer um curso em Florença. E peguei um emprego de outra coisa. Pra sobreviver.

Aos trinta recém feitos, muito mais ágil acerca das coisas da vida e tendo descoberto os talentos com a voz, investi pesado em óperas classiquíssimas. De maneira geral, gostaram; aí me mantive em cartaz e fui levando. Aos trinta e cinco, teatro de sombras. Uma fase bem introspectiva. Foi quando consegui comprar o apartamento. Apesar da burocracia. Mobiliei com o dinheiro do teatro de bonecos para bancários. Lucro garantido, sem muito desgaste nem muita reflexão. Até que o cara: *A essência do inacessível subverte o senso dirimível do impremeditável, tá sabendo?*

Aos quarenta me dedico a espetáculos de vaudeville. (O teatro fica dentro de um navio, claro). São popularíssimos. Apresentamos cenas ligeiras. Bacana é que é cheio de gente, entra um sai outro, erra um o outro conserta, esquece um o outro ajuda a lembrar. E ninguém percebe se está bom se não está (reclamam, às vezes, é do preço do champanhe). Às vezes falta até argumento. Aí entro só dançando ou fingindo que canto uma canção antiga. É tudo playback. Às vezes, quando estou completamente sem voz, entra o urso na bicicletinha. Como tenho mais experiência, eu que dirijo a moçada, uso uns termos exóticos, cito uns teóricos, vez ou outra, conto como é que fazem na Europa e a meninada se impressiona. O público? Fidelíssimo. Embora nunca tenham ouvido falar no meu nome, pedem até autógrafo. Poso pra foto. Individuais e em grupo. Às vezes falta cenário falta figurino a iluminação não funciona direito o contrarregras se demite bem no meio chove no palco.

Mas aquele cara nunca mais disse nada.

Tenho me divertido muitíssimo depois que afastei o cara da minha companhia.

MAR DE RASOS

Aquilo que estava perdido ali por dentro a noite inteira incomodando acho que era um maçarico, acho que era uma britadeira, acho que retro-escavadeira escavando escavando parando um pouco acelerando e voltando a escavar noite adentro, que alguém esqueceu ligada, e aquilo arromba a noite de sonos com todo o barulho infernizante. Acho que era aquele antigo amor, que a gente sempre tem um pra consolo, e puxa lá dos escombros lá do desmoronamento, lá de dentro daquela caverna, aquilo soterrado aquilo encoberto aquilo calcinado aquilo lacrado pela condição de quase um esquecimento. Quase um lapso.

A terra compreende a si mesma as melodias repetidas compreendem que os pássaros jamais repetem o pólen compreende de imediato que sua instância é aquela do que se desprega as frutas a maturação as folhas sabem securas as mãos compreendem o desejo e as vozes que julgam compreendem infernos.

O inferno é onde se arde onde se desmancha em fogo onde já não há mais senso num grito nem num silêncio. Onde você se deseja cinzas e quando percebe há sinistras flores de vida infinita, mas que são avessas ao toque porque se desmancham sendo a própria essência da condenação.

Tantas vezes antes solicitado, leve todas as paredes leve os concretos daqui leve as imagens de ontem de barro de ferro de madeira que bichos hão de comer, leve o tempo de exposição destas imagens que se desintegram, leve todas as sabedorias que temos que tive que há para se ter. Leve não só o que existe. Não só aquilo para que se tem nome. Leve as palavras que se ouve por aí, aquelas palavras seríssimas de dentro do elevador e aquelas que os sábios usam para ocultar inoperâncias e inações. Leve superfícies e sofreguidões do lago que existe na fotografia, e leve o que jamais se disse e foi parar numa folha de papel perdida por trás da gaveta da escrivaninha.

(Se eu disser tempestades que alteraram cursos e curvas nas pedras, se eu mostrar um mapa sem nomes e eu intuindo nortes, se eu mostrar as evidências de que ontem mais ontem igual a daqui a pouco, se eu recortar flores de revistas pra colar na parede suja, se eu comprar óleos pra sagrar uma tela de sentidos vivos, se eu aperfeiçoar a escala inteira só pra pronunciar aquela frase pura, se eu atravessar a rua no meio dos carros os olhos fechados a fumaça impedindo qualquer outro sentido, se eu devolver o livro os votos a pecúnia o cacto o casaco a pele a moeda a ração os abraços: uma porta se abre disse-me o sábio ao dizer tempestades.)

Enormes catedrais se erguerão quando o regente cortar o ar. Enormes fins de tarde e aquelas cores que não se retêm nem com hipérboles. Eu serei ínfimo e infinito e naquele solo o oboé compreenderá a irrelevância dos limites, as modulações e os crescendo abrirão caminho por entre sendas misteriosamente oficiosamente laboriosamente derrubando as paredes que houver de concreto incrivelmente inclusive os muros de contenção. E o que mais surpreenderá a olhos e ouvidos é que diferente de todos os barulhos que incomodavam no primeiro parágrafo da história a operação magistralmente liberará seus tentáculos em silêncio.

E isso não nunca interrompe o sono de ninguém.

LEÇÃO

Tá custoso de acabar o mês! A Dilcélia falou da vaguinha de porteira, mas vai que é o certo pelo duvidoso? Lembra da do açougue? Ai, tô me acabando nessa de vender livro. As perna lateja. Durmo mal e no outro dia é rua direto, de casa em casa pra oferecer os volume. E depois vem aquela mixaria. Tirar uma frente única, só por milagre! O aluguel ele paga, ainda bem. E de noite ele acha que eu tô de má vontade! A Cidamara que tá certa: *Homem é assim! Com o Darlei não tem escapativa! Você pode tá morta que eles exige! Uns coiso!* O Dirceu é bem igual! E no domingo reclama que a gente não tem pro ônibus e não dá para ir visitar a mãe dele. Assa umas linguiça e come com um mau humor desgraçado. Eu até gosto da sogra, mas a velha mora num bairro que é do outro lado. Desgrama! Ai, melhor afastar coisa ruim da mente, que a Clotilde disse que pode virar doença nalguma parte do corpo. E quando o Dirceu quiser, faço um esforço – vai até rapidinho. Se ele me deixa é pior! Mulher largada é só queixume. Cada pensamento na calada da noite! As venda estão boa, o que cansa é a andação. O deste mês vende mais que o do mês passado, que chamava *Vultos da Nossa História.* O Seu Juliel não imagina como foi custoso de empurrar. O pessoal gostam deste novo e teve uma senhorinha que encomendou cinco numa pancada. Pros sobrinho. Nem li! Devia de ter comprado. Pros cliente eu finjo que li. Elogio. É cheio de figura, figura não, "ilustrações", a Natércia que ensinou. Podia vir um com um descascadinho na capa, aí eu pedia se o Seu Juliel me vendia com desconto. Quatro dia e vem o salário, salarico. Vou tirar um sapatinho baixo no crediário. Pago em três vez e o Dirceu nem percebe.

Ô muquirana, esse Seu Juliel! Bem que a Natércia disse que ele não faz desconto nem pra nós que é funcionário! A Na é um amor e pacenciosa. O Dirceu não; pedi pra me explicar como é que regula a geladeira e ele já veio com coice! E olhe que a Natércia tinha motivo pra andar meia nervosa, que o pai dela, mês passado, teve que cortar uma perna; do diabete que agravou nele. Ela podia de tá é gritando com todo mundo, afinal é gerente, mas me explicou que que era "biografia". Eu perguntei porque vi no livro (o que eu queria comprar!) que dizia os fato da vida do autor e tudo que ele escreveu por ordem de tempo. Era pobrinho, de pequeno, mas estudou valendo e virou importante. Até morou na Inglaterra. No fim pegou uma doença e teve fim triste. Escrevia pra zombar dos outro, principalmente dos político – mas as pessoa achava que era livro infantil, os dele. Bacana. Quanta data! Não decorei nada. Minha cabeça não é das mais boa. A Dilcélia falou que é falta de sono, a memória falha. Mandou eu passar na farmácia comprar comprimido com fósforo. Tá louca, já pensou se eu gasto e o Dirceu descobre? Manda é eu chupar palito de fósforo! Ele não se interessa por ciência. A Dilcélia é um espetáculo nisso de decorar que remédio faz bem pro quê. Devia era de ser enfermeira. Eu queria ter sido professora de criança. Acho bonito eles falando "tia". Gerente eu também gostava. Ia tratar todo mundo bem fina. Mas tem que ser estudada pra subir num cargo desses. Já o Seu Juliel é só um velho grosso, cheio dos dinheiro. E manda em tudo nós. Fazer o quê.

Tô frita! Grudada no tal livro quando o Seu Juliel entrou e eu nem vi! Aí fiquei ali, feito tansa, lendo e achando que tava escondida! Mais era tão joia aquele pedaço – cada coisa naquele livro! Velho afrontoso! *Então, Dona Maderly, é assim que a senhora está na rua vendendo os meus livros?* (e a risadinha). Deu até embrulho de estômago na hora que eu vi o demônio! Me sumiu as palavra da boca e pretejou total na minha frente. Aí ele falou pra mim passar na sala dele amanhã cedo. Decerto vai me despedir perante tudo mundo. Que vergonha! Que é que eu vou falar pro Dirceu? Não posso contar que em vez de estar vendendo os livros do velho eu tava era LENDO um! Ai, e as conta pra pagar!? Ele me esfola! Bom, agora tá feito e não me adianta apavorar. Calma. Tenta dormir. Esperar amanhã pra ver no que que vai dar. Ai, minha Santa Luzia! Dá até batedeira quando lembro do velhote. O olho dele fuzilava. Mas por que que já não me deu a conta duma vez? Não, o lazarento quis que eu esperasse uma noite toda remoendo o fato! Bem do tipinho dele. Amanhã já vai chegar com as palavra escolhida pra me pisar bem pisadinho na frente dos colega: *Horário das venda é sagrado. Quem quer ler, que compre e leve pra casa!* E daí vem aquele papo (já ouvi umas três vez) de que não vai deixar ninguém montar nele! Será que a Dilcélia ainda tem a vaga de porteira? Não era pra mim essa de vendedora. Fui é me achar intelectual. Mas que tava boa aquela história, tava! Que coiso que dá por dentro, a gente gruda no que tá escrito, se esquece do mundo. Agora é rua da miséria. Deve de ter o tal livro na Biblioteca Pública. Abre domingo? Que será que acontece no fim da história? Se eu pegar de porteira vai ter umas brecha que a gente passa naquelas mesinha de portaria. Aí eu termino aquele pedaço quase na última viagem quando o Guliver encontrou os cavalo inteligente. Nem vão poder implicar que eu leio é disfarçado. Como é que vou contar pra sogra que fui despedida? E no domingo tem a costela lá nela!

Santa do pau oco esta Dona Maderly! Fim da picada! Pois vamos ter uma conversinha amanhã. Deve estar com medo da demissão. Pelo que a Natércia me adiantou está passando por uns aperto financeiro. Como será o tal marido? Entrega móveis. É ajeitadinha – botei reparo nas pernas logo que começou. Uma judiação se estropiar por aí andando... junta varizes. Por trás também é um pitéu. Podemos chegar num acordo. Quero saber mais do tal marido. Deus que defenda! Ah, na maioria das vez é daqueles molenga. Vou especular, que não quero encrenca. Dobro o salário e passo ela pro balcão – aí não tem que zanzar o dia todo. Uma "troca de gentilezas". Só se for tonga pra não aproveitar. Será que é daquelas crentinha com lengalenga de pastor? Não, vi ela contando piada no almoço da firma. Vamos negociar. Se ela quiser, pego ela no ponto todo dia, pra não ter que andar o pedaço sem asfalto. Caso não queira, rua, claro.

Escuta. Até marquei com lápis: *A descoberta consiste em ver o que todo mundo viu e pensar o que ninguém pensou*. Joia, né? É desse livro que ganhei. Tinha um descascadinho na capa, ó, daí que nem prestava pra venda. Tô pensando em começar uma bibliotequinha. Não, não vou gastar – só com os que tiverem defeitinho. Sabe que o Seu Juliel anda mais manso? Só tá durão com o pessoalzinho novo – tem que ser né, senão montam em cima. Vai dar um aumentinho; coisa pouca, mas vai. Sobra pra gente visitar mais a tua mãe. Bom, né? Este livro me abriu a mente. Bem que a professora falava que ler pode mudar a vida da pessoa. Nem tô tão cansada, sabe. Fiz mais serviço de escritório, telefone, molhar plantinha. Parece que vão me trocar de setor. Tomara; sem tanta andação. Aí nem vou precisar de ir só de sapato baixinho e calça de brim. Isto de bater de porta em porta te acaba! Nem tô cansada hoje. A Natércia tá me tratando super bem. Bom, né, Dirceu? Ô, responde! Não acredito que já dormiu!

O Irino disse pra mim não ficar cabreiro. Não é no dele! A Maderly tá esquisita. Antes eu chegava perto e ela tava direto com dor de cabeça. Agora tá que é um doce. Até a voz mudou. E com aquela leção de livro! Até no ponto do ônibus outro dia eu vi! Comprou estantinha pra organizar a tal da "minha biblioteca"! Aí tem coisa. E não reclama de nada! Pedi pra ela fazer uma buchada no domingo e ela respondeu: *Boa!* A criatura sempre teve arrepio de buchada! Alegrinha demais pro meu gosto. E o Irino ainda diz pra eu não ficar cabreiro! Domingo dei uma insinuada pra mãe, pra ver se ela notou algo diferente na Maderly e ela falou pra eu reparar na franjinha nova! Disse pra eu me espertar. Tô com a pulga atrás da orelha! Qualquer dia desses eu sigo ela até o serviço.

Pois vou seguir é amanhã.

EU ERA SÓ ATÉ QUE DESCOBRI QUE DAVA PRA PEDIR PIZZA

Amanheceu chovendo. Garoinha. Fina.

Então as coisas mudaram porque a Srta. Hobbes, aquela garota dos cachinhos e voz de criança, mas tem uns peitos!, telefona agora dia sim dia não pra saber como vai o vasinho de uma flor esquisita e minguada que ela me deu no Dia do Ócio. O nome dela é Hobbespierre, sim, grafaram errado, acho, no Dia do Registro. Hobbespierre Pereira. É descendente de portugueses e índios do litoral paulista. Fuma cigarro de homem mas isso não tem nada a ver com sexualidade. Nem sei por que comentei.

Garoinha que molha. Com o tempo molha mesmo!

Então as coisas mudaram porque Amsterdã, Tóquio, Bali, esses nomes todos que a gente decora mais a capital, não constavam naquele mapa. Preocupação a menos. Um alívio. As capitais respectivas. Não sei você, mas eu sempre ia mal nas provas quando pediam justamente capitais respectivas. Mas não quero lembrar do passado. Passado é coisa de desocupado. De viadinho. De dona-de-casa-que-não- tem-o-que-fazer. Eu tenho. Cadê a caneta, porra?

Empapa blusa, cabelo, escorre pela camiseta lá nas costas.

Então o começo de tudo foi a vinda dele pra esta cidade. A cidade dos sonhos bons porque se não fosse bom não era sonho a Mirnalói que dizia. E sentou-se em um bar. Pediu uma coisa forte que eu não me lembro. Nada de especial no ambiente. Música a mesma de sempre. Coxinha e rissoles esperando. Mas ele estava ali. Estava ali. Vindo de muito longe. Ninguém imagina os quilômetros no coturno. Lavou as mãos no banheiro. Chacoalhou que nunca tem toalha disponível. (aqui um lance de realismo). Sim, olhou-se no espelho trincado. Sim, tentou dar um telefonema mas o orelhão estava destruído. Semi-destruído. Com problemas pessoais.

De qualquer forma é água. Não se deve questionar estas coisas evidentes. Vai metade da vida da gente questionando coisas evidentes.

Samyra Sanderson não devia aparecer aqui porque foi considerada imprestável. Comentaram muito, não escapou nem a cor dos cabelos nem o formato das unhas. Nem o top, claro. Evidências abundavam. Ela tem um tique nervoso, percebeu? Ai, nem percebi. Sério? Na saída, além de tudo, depois do veredicto do júri, esbarrou na velhinha que estava à sua esquerda. Coitadinha, tão idosinha! Uma desatenta, mesmo. Achei que foi pouca, a sentença. Sanderson era nome inventado. Não se iludam com as falácias da SS. Nem com os seios ou barriga semi-inexistente. Malha muito mas nem tudo que se tem nas mãos é verdade.

Quando gruda no vidro é uma tristeza de limpar. Vai dois panos, conforme a Juraci, e os braço da gente se estrupia feio.

Então as coisas mudaram mesmo porque depois de tantos anos o que sobra é um monte de contas em débito automático. E preguiça de fazer as malas. E pia que às vezes entope. E papo chatíssimo do vizinho. Mas a gente se acostuma com tudo. Liga a luz quando dá a hora. Afinal um alerta máximo sempre dispara para que evitemos penumbras e lusco-fuscos. Não é necessário fazer nada, nem força, nem pensamento positivo, nem pôr galho de arruda na orelha pra que as coisas mudem. Começa o dia e mudou. Pronto. Sem drama. A cama não é mais aquela, o país é outro, a língua, nem tinha percebido, mudou. As costas que estão na sua frente (você com o nariz quase grudado, mas tem um milímetro que impede) é outra. De quem será? O milímetro tem quilômetros.

Um presente que mandaram, por exemplo. Nossa! Obrigado/a! Nem precisavo/a! A chave quebrou e daí? O livro veio com páginas faltando e daí? A blusa veio com um desfiado na manga. E não dá pra trocar! E paguei uma fortuna! Porque gostei da cor. Porque gostei da cor dos olhos da pele do aspecto da comida da Matilde, fiquei.

Anoiteceu chovendo. Garoinha fina.

Me seguro nos automáticos. Acho elevador uma beleza. Quem me dera ter a agilidade de um botão daqueles. Ou de eletrodoméstico portátil ou de controle remoto multifuncional ou de antena. Interruptor – que precisão absoluta! E as coisas que apitam bem na hora. O Wendelson telefonou pra sugerir que no fim foi tudo um fracasso. Eu disse: Que que é isso, companheiro!? Que desanimação! Não pode! Mas eu estava segurando a carteirinha do plano de saúde entre os dedos, então não foi sincero o que eu disse pro Wendelson. Depois apertei a carteirinha e ainda, pra me certificar me acalmar me garantir, peguei a carteirinha do clube e acariciei, suavemente (enquanto falava do preço da farinha de trigo, pra mudar de assunto). Sim, uma calma invadiu todo o meu corpo. Um frêmito (vai dizer que não tenho estilo!). E a carteirinha funcional e o talão de cheques e a foto da família na Última Páscoa e os cartões de crédito e a agendinha. Abracei todos os itens do pedido (mais a medalhinha abençoada no Dia de Todos os Sintos) e disse firme pro cara do outro lado da linha: Não pode! Os tempos mudaram e só se conjuga em mais que perfeito. Muda o disco. Troca de camiseta. Muda a franja pro outro lado. Usa o verso. Guarda na caixa com tampa. Experimenta sem azeite. Dá pra um pobre. Joga de novo. Nunca mais joga. Pede: uma grande e mais refri – tá em promoção.

Permanece o que sempre mudou.

SENÃO PERFEITO

Aguarda a sua senha, meu querido! Furam a fila (eu vi!) e vêm com esse papinho de "entre os mais vendidos"... Que revista *Z Best*? Sei lá eu de *Z Best*! E depois a Isa não quer que eu teje estressado! Não é qualquer um que entra. Temos cri-té-rios! Não interessa o que que saiu nas revista, quantas estrelinha deram pro cara. E nem aquela besteirama de Academia disto, medalhinha daquilo, diploma de nemseiquê. É preto no branco. Vale é a profundidade da obra; a profundidade da alma!

Engraçado, parece tudo pessoa educada, capaz de entender as regras. Mas chega aqui e é esse pandemônio! Quéde a "sensibilidade exacerbada"? A "percepção invulgar"? Cascata! Só vejo esse empurra-empurra. Cuidado aí, não vai quebrar sua "antena da raça", mocinha! (essa foi boa, vai dizer?).

Claro que estamos atrasados, meu chapa. Que contemporâneos? Aguarda a vez. Não tem o que fazer, tem? Tá devalde mesmo, então aguarda! Ah, acha o nosso processo seletivo uma m..., duvida da qualidade? Poblema seu! Dá licença?

Próximo. Deixa ver. Vicenzo de Villehardouin, "também conhecido por Prolibius Emonio" (mais fácil de dizer!). Documentos, por gentileza! Hummmm. Indeferido. Tá aqui: "na juventude escreveu versos de amor deitando-os ao fogo após a morte da amada". Indeferido, claro, queimou, não queimou os tais versos? Escritor bom aguenta o tranco; principalmente quando morre a amada... Falta de provas. Próximo: Guillem de Menis y Bellvis. "Vida serena. Observador exatíssimo da cor local." Como assim "íntimo do Duque de Assuna"? Tem que protocolar e entrar com novo pedido justificando isto de "íntimo". No corredor, terceira porta à direita, fala com o Jurecí, um alto de costeleta. Próximo: Philippe Tégnier. "Poeta satírico, morreu súbito. Sobrinho de Desportes, que lhe deixou uma pensão. Abandonou a carreira eclesiástica e levou uma vida de grande dissipação." Bom, nem argumenta, né! Tá aqui, bem grafadinho, "grande dissipação"! Não foi nem pequena nem média! Dá licença. Injustiça digo eu! Aprontam e depois chegam aqui com cara de sonso. Não tem essa de pensão, criatura; valem as evidências!

Próximo. Therezinha Barreto de Nazareth, vamos ver: "obra utilíssima para nível colegial onde descreve, com intensa sagacidade, como e porque Washington Malheiros pacificou os sertanejos e aumentou-lhes assim o prestígio perante os estados da federação." Bonito, sô! Meio político, meio filosófico, meio regional. Entra! Ô, se não entra! Venha, senhora, é por aqui. Já vão lhe tirar as medidas pro fardão. Aceita um chazinho de erva-doce? Ô, Zoraide, vê um chá aqui. Sacarina? Tô nisso faz anos, mas cada vez que aparece alguém assim, arrepia até o couro cabeludo! Isto é que é obra! Não aquela baboseira de "busca do Belo na objetivação mais perfeita do cognoscível". Carimbinho e pronto. "Intensa sagacidade", isso é que vale. Tá bom, Dona Therezinha, não sou muito chegado em abraço!

Próximo. Leôncido Fricênio. Deixa examinar: "O pai comerciante, ao morrer deixa a família na miséria. Leôncido, manejando a tesoura de cabeleireiro, viu-se na contingência de bastar-se a si e aos seus. Aproveita os ócios da profissão para escrever". Olha, sinto mesmo pelo seu paizinho, mas escrever nas horas vagas não garante a entrada aqui pra ninguém. Tem que ralar. Dedicar-se a fundo, sabe como? Leva a papelada e chama o próximo, fazendo a fineza. Se quiser recorrer, recorre... É no andar de baixo, sala 225.

Tá, constitui advogado, fica à vontade. Depois das 14:00 que abre lá. Recorre...

Quem tá na vez? Maturino Weltson, "literatura contemplativa; vasta obra que inclui o *Fusilóquio*, coleção de provérbios escritos para instrução do herdeiro da Coroa de Castela." Gostei disso de provérbio! Útil e rapidinho. Olha só: "Pão, pão, queijo, queijo!" É lindo, hein?! Me lembra a minha santa mãezinha. Peraí! "O favorito de Carlos, o temerário". Gente, que que é isso?! Pela mãe do guarda! Próximo! Friederich Wenzeslaus Von der Vogelveide, "vida sobremodo inquieta, versos políticos defendendo o Imperador contra o Papa." Desaforo! Veio fazer o quê aqui, cidadão?! Contra o Papa, ainda por cima, um sujeito tão distinto!

Mas não posso trabalhar sossegado? O senhor outra vez! Já não esteve na quinta passada? Procurar quem? Fagundes? Fagundes não entrou nenhum, desde quinta, que me conste. TEM FAGUNDES NENHUM! Claro que tenho certeza! Tá aqui na telinha, tá vendo em verde? Não tem. Varela nem sem nem com dois elles. Deixa ver. Rosa do quê? Guimarães? Neca. Como assim, "Rosa é sobrenome"? Tá me caçoando, é? Como não entendo nada de literatura! Pois saiba que fui eu que conferi o título aos Evangelistas! Quatro numa pancada! Acha pouco? Calma, não adianta bufar! Dá licença? A coisa não anda se cada um quer "só uma informaçãozinha". Aguarda na fila. Falta, falta bastantinho pra chegar no seu, mas se continuam me interrompendo não tem como despachar! Ah, só mais um. Quem, criatura, quem? Machado de onde? Nadica. Assis. Deixa ver; é, nada. E Francisco também não tem e não vai ter, que eu sei ele que era santo. Ignorante é o senhor. Santo é uma coisa, escritor bom é outra. Faz favor de não confundir.

SEXO COMONINGUÉM

UM

Eu disse No mundo moderno e ela me corrigiu Pós-moderno, você quer dizer. Eu não queria dizer nada, mas disse e estava errado. Talvez dizer esteja sempre errado. Ela sabia melhor do que eu o que eu queria dizer. Que seja, já que não domino terminologias, acabamos por construir um diálogo um decálogo um dia a dia um ditirambo um diagnóstico palpável:

Ele foi perguntando Não vai tirar tudo
Ela foi logo perguntando Você me ama
Ele foi logo perguntando Foi bom pra você
Ela foi logo perguntando Já terminou

A gente tem substantivos para quase tudo e isto é um conforto da vida pós-moderna. Por exemplo, para designar o princípio da vida, seja nos seres humanos ou não, pode-se usar a palavra **alma** que indica, em termos filosóficos – já que é elástica e abrangente – todas as atividades essenciais como a afetividade, o pensamento, a sensibilidade e o tédio tomadas como manifestações de uma substância plena e autônoma em relação ao aspecto material do corpo.

Cia perfeita estilo universitária submissa. Mais do que um corpinho. Atinja um relax absoluto. Atendo casais, individual ou misto.

Ele foi logo dizendo Tá pensando que eu sou o quê
Ela foi logo perguntando Só isto
Ele foi logo acrescentando Quando eu
    tô a fim eu dou duas fácil fácil
Ela foi logo acrescentando mentalmente
    Quando eu tô a fim eu tenho múltiplos
Ele foi logo comentando O ar condicionado não funciona
Ela foi logo acrescentando Pensei que ia ser bem melhor
Ele foi logo sindicando Que porra é essa

Hoje, em épocas de modernidades, e pós, e pan, especialmente com o desgaste de coisas usadas em demasia como o ceticismo e o kantismo, a **alma** passou a ser um índice que só se alcança pela introspecção. A introspecção, contudo, não se encontra facilmente por aí, não dá pra comprar num hipermercado e nem pedir por catálogo que não vem. Conforme os manuais especializados a alma é antes uma prática de atividades vitais em forma incorpórea; é uma consciência pensante e, assim, física enquanto neuronial.

Local próprio e também a domicílio. Valor acessível em dinheiro ou cheques pré. Coxas grossas. Alma feminina. Faço ctn, jb5, total lni, vms. Saia da rotina do dia a dia, realizo seus sonhos. Beijo de tontear. Sigilo e experiência no mercado.

Ele se lembrou Daqui a pouco minha
    mulher chega em casa

Ela se lembrou Eu preciso me casar
Ele logo se perguntou Por que eu me casei
Ela foi logo se perguntando Será que
    este cara já não é casado

Sendo para alguns a parte imortal dos seres humanos, é possível dizer que a **alma** é dotada de existência individual. O encontro entre duas almas pode, portanto, se dar em qualquer lugar: num ônibus, numa fila de açougue, num velório, numa festinha junina da escola, numa liquidação de bolsas e acessórios de couro, na inauguração de um transatlântico. Após a morte a alma está predestinada à felicidade ou não, pois pode ser que encontre a danação eterna. Para alguns são os atos praticados durante a vida terrestre que definem o que acontecerá à alma. Para outros isto é discutível ou, ainda, besteira.

Ele foi logo comentando Você tem mãos de pianista
Ela foi logo comentando Você tem
    testa de pessoa inteligente
Ele foi logo concluindo Esta dava uma boa esposa
Ela foi logo concluindo Este cara é
    bem ruinzinho de cama

Cadê o limão pra caipirinha Não foi no supermercado Esqueci de avisar que a tua mãe ligou Não vai trocar as toalhas Não joga este troço no chão Porra outra vez esta mesma merda Para de gritar que o nenê acabou de dormir Outra vez na casa dela Não dá pra usar a mesma de antes Presta atenção no que eu tô dizendo Eu não vou comprar outro só porque você quer Não sabe falar mais baixo Tá barato porque não é você quem paga Você comia qualquer coisa e nem reclamava Fala isto pra ela e não pra mim

Vai deixar vencer de novo a prestação Que frescura Que babaquice Que nojo Que saco Que merda que eu fiz Não consigo nem respirar aqui Vai pro diabo que te carregue. Vai se fudê.

Mãos de fada. Quer ter sensações inesquecíveis? Sensual para mulheres modernas ou homens liberados ou ambos. Música relaxante e ambiente higienizado. Descubra ou relembre o delírio da paixão de alma pra alma. Local discreto. Sou educada e supercarinhosa. Atende feriados.

Fonte da vitalidade, da psique e da ação, a **alma** representa a inteireza e a unidade de uma pessoa, sua natureza moral e emocional, sua índole boa ou má, seu caráter bom ou mau, sua essência, seu motor, sua força primacial. O substantivo feminino plural correspondente é alminhas. Alma gêmea é um conceito ainda não dicionarizado.

Eu disse No mundo moderno e ninguém me corrigiu

Eu queria dizer algumas coisas, mas nem tinha pra quem

Eu falei alto Eu deixei comida no prato Eu deixei toalha molhada no banheiro Eu dormi na metade do filme Eu comi o que tinha sobrado na geladeira Eu não atendi o telefone já que ninguém me ligou e nem era engano Eu deixei as laranjas estragarem Eu quebrei um pirex Eu fui no banheiro de porta aberta Eu escutei aquele rock antigo bem alto dancei dancei dancei ridiculamente talvez

mas ninguém reclamou

A **alma** é a essência em geral, o princípio sujeito da representação, oposta ao seu objeto.

Ele foi logo retrucando Hoje eu nem tô a fim

Ela foi logo acrescentando Hoje eu não posso

Ele foi logo acrescentando Hoje eu não tenho tempo
Ela foi logo se explicando Acho que estou com dor de cabeça
Ele foi logo esclarecendo Acho que estou com dor nas costas
Ela foi logo concluindo Amanhã a gente fala sobre isto
Ele foi logo finalizando
A ma nhã a gen-te fa-la so-bre is-to.

Contando carneiros contando nos dedos contando as gotas de chuva como naquela canção.

DOIS

Num dia desses bem-feito há algo enfim importante: todas as coisas que eu levei naquela cesta pra floresta; todas as coisas que eram para um piquenique alegremente; todas as possibilidades de enquanto seu lobo não vinha; as coisas que se esfarelariam e seriam comidas por todas as criaturas que têm penas; todas as coisas que permaneceriam em cima da mesa, em cima da toalha limpa casta impecável justa.

Num dia desses perfeito as lâminas são tão afiadas que nem suam As trombetas não são mais de plástico não se deformam facilmente e remontam a experiências solenes A criança que sabe o longo poema de cor não esquecerá de nenhum gesto a ser feito com a mão no exato momento da mão e do gesto.

Eu nasci num dia talvez imperfeito que não constava da folhinha quem saberá o que é passado quem saberá do coração das chuvas nada sei.

Eu nasci uma segunda vez em uma cidade sem mapa sem rio sem linha de trem. Nasci na noite de lua vermelha e todos dançaram até o amanhecer. Eu nasci num dia em que se esqueceram de avisar. E ninguém reclamou aquele corpo.

Um corpo é uma semente Um corpo é só a semeadura Um corpo é tomar um copo de água no maior escuro é cuspir é alcançar o que está mais alto na estante porque se é mais alto é alcançar o que está resguardado lá no céu Um corpo É ganhar mais dinheiro É ter mais prestígio ter um talão um cartão um anel que pesa muito num dedo exclusivo É sentar-se na primeira fila É nunca esperar na fila É ganhar o ingresso de graça É ser chamado de senhor É ser chamado para ir ao palco e nunca ir. Se você for bonito.

Se você for feio terá que entrar pelos fundos e apenas deduzir como este espetáculo é incrivelmente bom.

Eu nasci uma última vez num dia sem horas sem longitude sem nem um tipo de lista nem de pilhas de coisas importantes uma última vez a consagração bastante tímida a ser expurgada neste papel.

Todas as coisas que eu levei naquela cesta as formigas comeram os leopardos comeram os dragões degustaram os leões não vieram. Eram coisas deliciosas eram compensadoras eram delicadíssimas eram úteis. Eu havia escrito seus nomes em cada uma delas eu havia colado uma etiqueta: contém açúcar contém prazer contém sangue.

No mês seguinte nasceu um irmão no mês seguinte foram chuvas no mês seguinte a cadela amarela deu cria no mês seguinte a plantação de café esturricou no dia seguinte todas as malas foram feitas no dia seguinte era a vida seguinte e nem dava para entrar num trem. Só pudemos contar com nossos próprios passos.

Nesta ilha há coisas pequenas que importam: os ossos porque nos fazem lembrar, os pregos porque nos fazem lembrar, os troféus de taxidermia porque nos fazem lembrar. Eu tenho que estar entre os mais loucos. É uma sina sentar-se ao lado do presidente. É o destino despetalar esta margarida que inflige a ávida questão: bem me quer?

Eu que uso meias limpíssimas, eu que tenho letra bonita, eu que assoo sem fazer barulho tusso gozo sem fazer um ruído. Que chorei discretamente quando o médico deu um tapa bem dado para anunciar que eu vinha à vida. Eu que nunca salguei a sua sopa o seu mar a sua lesma favorita.

Todas as coisas que eu levei na minha cabeça: vontade de conhecer a praia, vontade de andar na areia, vontade de catar conchas como eu vi no filme. Mas o passeio era até a floresta e na floresta há galhos, trilhas precisas, folhas que estalam no chão por sobre as cobras entocadas. Na floresta há um ar gelado e réstias de sol penetram perfuram copas. Corra corra desesperadamente para que termine de uma vez este parágrafo.

Mas é claro que aqui tem uma história: se aqui há um orifício se aqui há um paralelo se aqui há compasso se aqui há um segredo se aqui há um precipício se há aqui um suspiro um jorro um zelo por mínimo por ínfimo por minúsculo por tênue há aqui um enredo. Onde nos salvaguardamos onde nos esculpimos onde nos tocamos onde nos vemos.

A floresta é o cenário perfeito para abrir a cesta com todas as coisas que você
esqueceu de pôr ali dentro.

INSCRIÇÃO

A árvore \todas/ se evidencia a tora descendo o rio. A caixa onde se guarda a lenha que sem o menor dessossego se consome. Da madeira \todas/ estrado e cruz. O artefato \todos/ um histórico de talharia, de cuidado, de delicadeza, de detalhe que constitui o fabro. E seiva não se permite haver mais. O abate é correlato da exclusão.

Da cruz \todas/ se desparece a figura, mas lá está a figura que sem o menor queixume se consome. O corpo \todos/ se inven-ciona emprestadas luzes, decoradas deixas que incubam suspiros e quando não, suspeitas. Mas lá está a saliva. A porta, quando se permite haver, sentenciará. Dança, rege e incandesce a mão \todas/ do artífice.

Lanhos os ferimentos no corpo \todos/ são restos de açoite e contarão fendas e depois vestígio da inflição, a cicatriz \todas/. A imagem, quando se tenciona haver, em movimentos se abrirá. Mas lá está o arquejo. Cabeça tronco e membros um invencível suturado pelo tempo. A derrubada da árvore se eterniza em um som inédito e imperecível. Com o canivete o entalhe do nome é invacilante desejo.

O abraço \todos/ aquele segredo. Um segundo todos. Passo. A porta se fecha. Todas. Os pedaços se desparceiram rio abaixo. Mas sabem cepos o único, a unidade, memória do caule lenhoso.

Rio abaixo um só destino. E lá está o que sem temperança se consuma. Achas no fogo congestionado. Seiva que circula por invisíveis vasos que são sistema, artérias, complexas vias por onde a evidência.

A caixa \todas/ descabimentos. E no fundo o veludo. No fundo o leito. No fundo o musgo.

No fundo arfar.

SOBRE A AUTORA

LUCI COLLIN, poeta e ficcionista curitibana, tem quinze livros publicados entre os quais *Acasos pensados* (contos, 2008), *Querer falar* (poesia, 2014) e *Nossa Senhora D'Aqui* (romance, 2015). Participou de antologias nacionais (como *Geração 90 – os transgressores* e *Vinte cinco mulheres que estão fazendo a literatura brasileira*), e internacionais (nos EUA, Alemanha, França, Uruguai, Argentina, Peru e México). Leciona Literaturas de Língua Inglesa e Tradução Literária na UFPR.

Em 2012 o conto "Adoração à virgem" foi publicado, avulso, pela Tulipas Negras Editora em Curitiba.

"Eu era só até que descobri que dava pra pedir pizza" foi publicado na *Revista Jandique* em maio de 2013 em Curitiba.

O conto "Quando abandonei Peter Claremont e ele foi trabalhar na estrada de ferro de Howland" foi publicado em 2014 também em Curitiba, na *Revista Arte e Letra – Estórias Y*.

"Comoninguém" foi publicado na Edição Especial da *Revista Pessoa* em 2015, na França.

Este livro foi composto em *Vendetta* pela *Iluminuras* e terminou
de ser impresso nas oficinas da *Meta Brasil gráfica*, em Cotia, SP,
sobre papel off-white 80 gramas.